suhrkamp taschenbuch 1063

Ödön von Horváths Roman *Jugend ohne Gott*, 1937 im Allert de Lange Verlag in Amsterdam erschienen, wurde unmittelbar danach in mehrere Sprachen übersetzt und machte Ödön von Horváth international bekannt.

Thomas Mann und Hermann Hesse haben diese Erzählung schon 1937 empfohlen: »Sie ist großartig und schneidet quer durch den moralischen Weltzustand von heute.« (Hesse an Alfred Kubin) Für Alfred Döblin war Horváths Buch »knapp und anschaulich geschrieben«, erzählt über »eine Schule, eine mehr oder weniger verrohte Jugend, an ihr ein Lehrer, der ein Gewissen hat, sich verleugnen muß und es schließlich nicht mehr kann«. Klaus Mann entdeckte in Horváths *Jugend ohne Gott* »alle geheimnisvollen Eigenschaften und Reize der wirklichen Dichtung«.

Die neue Edition der Werke Horváths trennt die Theaterstücke von den Prosawerken, ordnet die Texte dann chronologisch an, unter Beigabe der Pläne, Skizzen und Varianten. Anmerkungen zur Entstehung, Überlieferung und Textgestaltung sowie den heutigen Forschungsstand berücksichtigende Erläuterungen ergänzen jeden Band.

Band 1: *Zur schönen Aussicht und andere Stücke*
Band 2: *Sladek*
Band 3: *Italienische Nacht*
Band 4: *Geschichten aus dem Wiener Wald*
Band 5: *Kasimir und Karoline*
Band 6: *Glaube Liebe Hoffnung*
Band 7: *Die Unbekannte aus der Seine und andere Stücke*
Band 8: *Figaro läßt sich scheiden*
Band 9: *Don Juan kommt aus dem Krieg*
Band 10: *Der jüngste Tag und andere Stücke*
Band 11: *Sportmärchen und andere Prosa*
Band 12: *Der ewige Spießer*
Band 13: *Jugend ohne Gott*
Band 14: *Ein Kind unserer Zeit*
Band 15: *Skizzen und Fragmente*

Ödön von Horváth
Gesammelte Werke

Kommentierte Werkausgabe in Einzelbänden
Herausgegeben von Traugott Krischke
unter Mitarbeit von Susanna Foral-Krischke

Band 13

Ödön von Horváth
Jugend ohne Gott

Suhrkamp

suhrkamp taschenbuch 1063
Erste Auflage 1983

Satz: LibroSatz, Kriftel
Druck: Ebner Ulm · Printed in Germany
Umschlag nach Entwürfen von
Willy Fleckhaus und Rolf Staudt

8 9 10 11 12 – 92 91 90 89 88

Inhalt

Jugend ohne Gott

Roman

25. März.
Auf meinem Tische stehen Blumen. Lieblich. Ein Geschenk meiner braven Hausfrau, denn heute ist mein Geburtstag.
Aber ich brauche den Tisch und rücke die Blumen beiseite und auch den Brief meiner alten Eltern. Meine Mutter schrieb: »Zu Deinem vierunddreißigsten Geburtstage wünsche ich Dir, mein liebes Kind, das Allerbeste. Gott der Allmächtige, gebe Dir Gesundheit, Glück und Zufriedenheit!« Und mein Vater schrieb: »Zu Deinem vierunddreißigsten Geburtstage, mein lieber Sohn, wünsche ich Dir alles Gute. Gott der Allmächtige gebe Dir Glück, Zufriedenheit und Gesundheit!«
Glück kann man immer brauchen, denke ich mir, und gesund bist du auch, gottlob! Ich klopfe auf Holz. Aber zufrieden? Nein, zufrieden bin ich eigentlich nicht. Doch das ist ja schließlich niemand.
Ich setze mich an den Tisch, entkorke eine rote Tinte, mach mir dabei die Finger tintig und ärgere mich darüber. Man sollt endlich mal eine Tinte erfinden, mit der man sich unmöglich tintig machen kann!
Nein, zufrieden bin ich wahrlich nicht.
Denk nicht so dumm, herrsch ich mich an. Du hast doch eine sichere Stellung mit Pensionsberechtigung und das ist in der heutigen Zeit, wo niemand weiß, ob sich morgen die Erde noch drehen wird, allerhand! Wie viele würden sich sämtliche Finger ablecken, wenn sie an deiner Stelle wären?! Wie gering ist doch der Prozentsatz der Lehramtskandidaten, die wirklich Lehrer werden können! Danke Gott, daß du zum Lehrkörper eines Städtischen Gymnasiums gehörst und daß du also ohne wirtschaftliche Sorgen alt und blöd werden darfst! Du kannst doch

auch hundert Jahre alt werden, vielleicht wirst du sogar mal der älteste Einwohner des Vaterlandes! Dann kommst du an deinem Geburtstag in die Illustrierte und darunter wird stehen: »Er ist noch bei regem Geiste.« Und das alles mit Pension! Bedenk und versündig dich nicht!
Ich versündige mich nicht und beginne zu arbeiten.
Sechsundzwanzig blaue Hefte liegen neben mir, sechsundzwanzig Buben, so um das vierzehnte Jahr herum, hatten gestern in der Geographiestunde einen Aufsatz zu schreiben, ich unterrichte nämlich Geschichte und Geographie.
Draußen scheint noch die Sonne, fein muß es sein im Park! Doch Beruf ist Pflicht, ich korrigiere die Hefte und schreibe in mein Büchlein hinein, wer etwas taugt oder nicht.
Das von der Aufsichtsbehörde vorgeschriebene Thema der Aufsätze lautet: »Warum müssen wir Kolonien haben?« Ja, warum? Nun, lasset uns hören!
Der erste Schüler beginnt mit einem B: er heißt Bauer, mit dem Vornamen Franz. In dieser Klasse gibts keinen, der mit A beginnt, dafür haben wir aber gleich fünf mit B. Eine Seltenheit, so viele B's bei insgesamt sechsundzwanzig Schülern! Aber zwei B's sind Zwillinge, daher das Ungewöhnliche. Automatisch überfliege ich die Namensliste in meinem Büchlein und stelle fest, daß B nur von S fast erreicht wird – stimmt, vier beginnen mit S, drei mit M, je zwei mit E, G, L und R, je einer mit F, H, N, T, W, Z, während keiner der Buben mit A, C, D, I, O, P, Q, U, V, X, Y beginnt.
Nun, Franz Bauer, warum brauchen wir Kolonien?
»Wir brauchen die Kolonien«, schreibt er, »weil wir zahlreiche Rohstoffe benötigen, denn ohne Rohstoffe könnten wir unsere hochstehende Industrie nicht ihrem innersten Wesen und Werte nach beschäftigen, was zur unleidlichen

Folge hätte, daß der heimische Arbeitsmann wieder arbeitslos werden würde.« Sehr richtig, lieber Bauer! »Es dreht sich zwar nicht um die Arbeiter« – sondern, Bauer? –, »es dreht sich vielmehr um das Volksganze, denn auch der Arbeiter gehört letzten Endes zum Volk.«
Das ist ohne Zweifel letzten Endes eine großartige Entdeckung, geht es mir durch den Sinn und plötzlich fällt es mir wieder auf, wie häufig in unserer Zeit uralte Weisheiten als erstmalig formulierte Schlagworte serviert werden. Oder war das immer schon so?
Ich weiß es nicht.
Jetzt weiß ich nur, daß ich wiedermal sechsundzwanzig Aufsätze durchlesen muß, Aufsätze, die mit schiefen Voraussetzungen falsche Schlußfolgerungen ziehen. Wie schön wärs, wenn sich »schief« und »falsch« aufheben würden, aber sie tuns nicht. Sie wandeln Arm in Arm daher und singen hohle Phrasen.
Ich werde mich hüten als städtischer Beamter, an diesem lieblichen Gesange auch nur die leiseste Kritik zu üben! Wenns auch weh tut, was vermag der einzelne gegen alle? Er kann sich nur heimlich ärgern. Und ich will mich nicht mehr ärgern!
Korrigier rasch, du willst noch ins Kino!
Was schreibt denn da der N?
»Alle Neger sind hinterlistig, feig und faul.«
– Zu dumm! Also das streich ich durch!
Und ich will schon mit roter Tinte an den Rand schreiben: »Sinnlose Verallgemeinerung!« – da stocke ich. Aufgepaßt, habe ich denn diesen Satz über die Neger in letzter Zeit nicht schon mal gehört? Wo denn nur? Richtig: er tönte aus dem Lautsprecher im Restaurant und verdarb mir fast den Appetit.
Ich lasse den Satz also stehen, denn was einer im Radio redet, darf kein Lehrer im Schulheft streichen.

Und während ich weiterlese, höre ich immer das Radio: es lispelt, es heult, es bellt, es girrt, es droht – und die Zeitungen drucken es nach und die Kindlein, sie schreiben es ab.
Nun hab ich den Buchstaben T verlassen und schon kommt Z. Wo bleibt W? Habe ich das Heft verlegt? Nein, der W war ja gestern krank – er hatte sich am Sonntag im Stadion eine Lungenentzündung geholt, stimmt, der Vater hats mir ja schriftlich korrekt mitgeteilt. Armer W! Warum gehst du auch ins Stadion, wenns eisig in Strömen regnet?
Diese Frage könntest du eigentlich auch an dich selbst stellen, fällt es mir ein, denn du warst ja am Sonntag ebenfalls im Stadion und harrtest treu bis zum Schlußpfiff aus, obwohl der Fußball, den die beiden Mannschaften boten, keineswegs hochklassig war. Ja, das Spiel war sogar ausgesprochen langweilig – also: warum bliebst du? Und mit dir dreißigtausend zahlende Zuschauer?
Warum?
Wenn der Rechtsaußen den linken Half überspielt und zentert, wenn der Mittelstürmer den Ball in den leeren Raum vorlegt und der Tormann sich wirft, wenn der Halblinke seine Verteidigung entlastet und ein Flügelspiel forciert, wenn der Verteidiger auf der Torlinie rettet, wenn einer unfair rempelt oder eine ritterliche Geste verübt, wenn der Schiedsrichter gut ist oder schwach, parteiisch oder parteilos, dann existiert für den Zuschauer nichts auf der Welt, außer dem Fußball, ob die Sonne scheint, obs regnet oder schneit. Dann hat er alles vergessen.
Was »alles«?
Ich muß lächeln: die Neger, wahrscheinlich – –

Es regnet

Als ich am nächsten Morgen in das Gymnasium kam und die Treppe zum Lehrerzimmer emporstieg, hörte ich auf dem zweiten Stock einen wüsten Lärm. Ich eilte empor und sah, daß fünf Jungen, und zwar E, G, R, H, T, einen verprügelten, nämlich den F.

»Was fällt euch denn ein?« schrie ich sie an. »Wenn ihr schon glaubt, noch raufen zu müssen, wie die Volksschüler, dann rauft doch gefälligst einer gegen einen, aber fünf gegen einen, also das ist eine Feigheit!«

Sie sahen mich verständnislos an, auch der F, über den die fünf hergefallen waren. Sein Kragen war zerrissen. »Was hat er euch denn getan?« fragte ich weiter, doch die Helden wollten nicht recht heraus mit der Sprache und auch der Verprügelte nicht. Erst allmählich brachte ich es heraus, daß der F den fünfen nichts angetan hatte, sondern im Gegenteil: die fünf hatten ihm seine Buttersemmel gestohlen, nicht, um sie zu essen, sondern nur, damit er keine hat. Sie haben die Semmel durch das Fenster auf den Hof geschmissen.

Ich schaue hinab. Dort liegt sie auf dem grauen Stein. Es regnet noch immer und die Semmel leuchtet hell herauf.

Und ich denke: vielleicht haben die fünf keine Semmeln und es ärgert sie, daß der F eine hatte. Doch nein, sie hatten alle ihre Semmeln und der G sogar zwei. Und ich frage nochmals: »Warum habt ihr das also getan?« Sie wissen es selber nicht. Sie stehen vor mir und grinsen verlegen. Ja, der Mensch dürfte wohl böse sein und das steht auch schon in der Bibel. Als es aufhörte zu regnen und die Wasser der Sündflut wieder wichen, sagte Gott: »Ich will hinfort nicht mehr die Erde strafen um der Menschen willen, denn das Trachten des menschlichen Herzens ist böse von Jugend auf.«

Hat Gott sein Versprechen gehalten? Ich weiß es noch nicht. Aber ich frage nun nicht mehr, warum sie die Semmel auf den Hof geworfen haben. Ich erkundige mich nur, ob sie es noch nie gehört hätten, daß sich seit Urzeiten her, seit tausend und tausend Jahren, seit dem Beginn der menschlichen Gesittung, immer stärker und stärker ein ungeschriebenes Gesetz herausgebildet hat, ein schönes männliches Gesetz: Wenn ihr schon rauft, dann raufe nur einer gegen einen! Bleibet immer ritterlich! Und ich wende mich wieder an die fünf und frage: »Schämt ihr euch denn nicht?«

Sie schämen sich nicht. Ich rede eine andere Sprache. Sie sehen mich groß an, nur der Verprügelte lächelt. Er lacht mich aus.

»Schließt das Fenster«, sage ich, »sonst regnets noch herein!«

Sie schließen es.

Was wird das für eine Generation? Eine harte oder nur eine rohe?

Ich sage kein Wort mehr und gehe ins Lehrerzimmer. Auf der Treppe bleibe ich stehen und lausche: ob sie wohl wieder raufen? Nein, es ist still. Sie wundern sich.

Die reichen Plebejer

Von 10-11 hatte ich Geographie. In dieser Stunde mußte ich die gestern korrigierte Schulaufgabe betreffs der kolonialen Frage drannehmen. Wie bereits erwähnt, hatte man gegen den Inhalt der Aufsätze vorschriftsgemäß nichts einzuwenden.

Ich sprach also, während ich nun die Hefte an die Schüler verteilte, lediglich über Sprachgefühl, Orthographie und Formalitäten. So sagte ich dem einen B, er möge

nicht immer über den linken Rand hinausschreiben, dem R, die Absätze müßten größer sein, dem Z, man schreibt Kolonien mit e und nicht Kolonihn mit h. Nur als ich dem N sein Heft zurückgab, konnte ich mich nicht zurückhalten: »Du schreibst«, sagte ich, »daß wir Weißen kulturell und zivilisatorisch über den Negern stehen, und das dürfte auch stimmen. Aber du darfst doch nicht schreiben, daß es auf die Neger nicht ankommt, ob sie nämlich leben können oder nicht. Auch die Neger sind doch Menschen.«
Er sah mich einen Augenblick starr an und dann glitt ein unangenehmer Zug über sein Gesicht. Oder hatte ich mich getäuscht? Er nahm sein Heft mit der guten Note, verbeugte sich korrekt und nahm wieder Platz in seiner Bank.
Bald sollte ich es erfahren, daß ich mich nicht getäuscht hatte.
Bereits am nächsten Tage erschien der Vater des N in meiner Sprechstunde, die ich wöchentlich einmal abhalten mußte, um mit den Eltern in Kontakt zu kommen. Sie erkundigten sich über die Fortschritte ihrer Kinder und holten sich Auskunft über allerhand, meist recht belanglose, Erziehungsprobleme. Es waren brave Bürger, Beamte, Offiziere, Kaufleute. Arbeiter war keiner darunter.
Bei manchem Vater hatte ich das Gefühl, daß er über den Inhalt der diversen Schulaufsätze seines Sprößlings ähnlich denkt wie ich. Aber wir sahen uns nur an, lächelten und sprachen über das Wetter. Die meisten Väter waren älter als ich, einer war sogar ein richtiger Greis. Der jüngste ist vor knapp zwei Wochen achtundzwanzig geworden. Er hatte mit siebzehn Jahren die Tochter eines Industriellen verführt, ein eleganter Mensch. Wenn er zu mir kommt, fährt er immer in seinem Sportwagen vor. Die Frau bleibt unten sitzen und ich kann sie von droben

sehen. Ihren Hut, ihre Arme, ihre Beine. Sonst nichts. Aber sie gefällt mir. Du könntest auch schon einen Sohn haben, denke ich dann, aber ich kann mich beherrschen, ein Kind in die Welt zu setzen. Nur damits in irgendeinem Krieg erschossen wird!

Nun stand der Vater des N vor mir. Er hatte einen selbstsicheren Gang und sah mir aufrecht in die Augen. »Ich bin der Vater des Otto N.« »Freut mich, Sie kennenzulernen, Herr N«, antwortete ich, verbeugte mich, wie es sich gehört, bot ihm Platz an, doch er setzte sich nicht. »Herr Lehrer«, begann er, »mein Hiersein hat den Grund in einer überaus ernsten Angelegenheit, die wohl noch schwerwiegende Folgen haben dürfte. Mein Sohn Otto teilte mir gestern nachmittag in heller Empörung mit, daß Sie, Herr Lehrer, eine schier unerhörte Bemerkung fallen gelassen hätten –«

»Ich?«

»Jawohl, Sie!«

»Wann?«

»Anläßlich der gestrigen Geographiestunde. Die Schüler schrieben einen Aufsatz über Kolonialprobleme und da sagten Sie zu meinem Otto: Auch die Neger sind Menschen. Sie wissen wohl, was ich meine?«

»Nein.«

Ich wußte es wirklich nicht. Er sah mich prüfend an. Gott, muß der dumm sein, dachte ich.

»Mein Hiersein«, begann er wieder langsam und betont, »hat seinen Grund in der Tatsache, daß ich seit frühester Jugend nach Gerechtigkeit strebe. Ich frage Sie also: ist jene ominöse Äußerung über die Neger Ihrerseits in dieser Form und in diesem Zusammenhang tatsächlich gefallen oder nicht?«

»Ja«, sagte ich und mußte lächeln: »Ihr Hiersein wäre also nicht umsonst –«

»Bedauere bitte«, unterbrach er mich schroff, »ich bin zu Scherzen nicht aufgelegt! Sie sind sich wohl noch nicht im klaren darüber, was eine derartige Äußerung über die Neger bedeutet?! Das ist Sabotage am Vaterland! Oh, mir machen Sie nichts vor! Ich weiß es nur zu gut, auf welch heimlichen Wegen und mit welch perfiden Schlichen das Gift ihrer Humanitätsduselei unschuldige Kinderseelen zu unterhöhlen trachtet!«
Nun wurds mir aber zu bunt!
»Erlauben Sie«, brauste ich auf, »das steht doch bereits in der Bibel, daß alle Menschen Menschen sind!«
»Als die Bibel geschrieben wurde, gabs noch keine Kolonien in unserem Sinne«, dozierte felsenfest der Bäckermeister. »Eine Bibel muß man in übertragenem Sinn verstehen, bildlich oder gar nicht! Herr, glauben Sie denn, daß Adam und Eva leibhaftig gelebt haben oder nur bildlich?! Na also! Sie werden sich nicht auf den lieben Gott hinausreden, dafür werde ich sorgen!«
»Sie werden für gar nichts sorgen«, sagte ich und komplimentierte ihn hinaus. Es war ein Hinauswurf. »Bei Philippi sehen wir uns wieder!« rief er mir noch zu und verschwand.
Zwei Tage später stand ich bei Philippi.
Der Direktor hatte mich rufen lassen. »Hören Sie«, sagte er, »es kam hier ein Schreiben von der Aufsichtsbehörde. Ein gewisser Bäckermeister N hat sich über Sie beschwert, Sie sollen da so Äußerungen fallen gelassen haben. – Nun, ich kenne das und weiß, wie solche Beschwerden zustande kommen, mir müssen Sie nichts erklären! Doch, lieber Kollege, ist es meine Pflicht, Sie darauf aufmerksam zu machen, daß sich derlei nicht wiederholt. Sie vergessen das geheime Rundschreiben 5679 u/33! Wir müssen von der Jugend alles fernhalten, was nur in irgendeiner Weise ihre zukünftigen militärischen Fähigkeiten beeinträchti-

gen könnte – das heißt: wir müssen sie moralisch zum Krieg erziehen. Punkt!«
Ich sah den Direktor an, er lächelte und erriet meine Gedanken. Dann erhob er sich und ging hin und her. Er ist ein schöner alter Mann, dachte ich.
»Sie wundern sich«, sagte er plötzlich, »daß ich die Kriegsposaune blase, und Sie wundern sich mit Recht! Sie denken jetzt, siehe welch ein Mensch! Vor wenigen Jahren noch unterschrieb er flammende Friedensbotschaften, und heute? Heut rüstet er zur Schlacht!«
»Ich weiß es, daß Sie es nur gezwungen tun«, suchte ich ihn zu beruhigen.
Er horchte auf, blieb vor mir stehen und sah mich aufmerksam an. »Junger Mann«, sagte er ernst, »merken Sie sich eines: es gibt keinen Zwang. Ich könnte ja dem Zeitgeist widersprechen und mich von einem Herrn Bäckermeister einsperren lassen, ich könnte ja hier gehen, aber ich will nicht gehen, jawohl, ich will nicht! Denn ich möchte die Altersgrenze erreichen, um die volle Pension beziehen zu können.«
Das ist ja recht fein, dachte ich.
»Sie halten mich für einen Zyniker«, fuhr er fort und sah mich nun schon ganz väterlich an. »Oh, nein! Wir alle, die wir zu höheren Ufern der Menschheit strebten, haben eines vergessen: die Zeit! Die Zeit, in der wir leben. Lieber Kollege, wer so viel gesehen hat wie ich, der erfaßt allmählich das Wesen der Dinge.«
Du hast leicht reden, dachte ich wieder, du hast ja noch die schöne Vorkriegszeit miterlebt. Aber ich? Ich hab erst im letzten Kriegsjahr zum erstenmal geliebt und frage nicht, was.
»Wir leben in einer plebejischen Welt«, nickte er mir traurig zu. »Denken Sie nur an das alte Rom, 287 vor Christi Geburt. Der Kampf zwischen den Patriziern und

Plebejern war noch nicht entschieden, aber die Plebejer hatten bereits wichtigste Staatsposten besetzt.«
»Erlauben Sie, Herr Direktor«, wagte ich einzuwenden, »soviel ich weiß, regieren bei uns doch keine armen Plebejer, sondern es regiert einzig und allein das Geld.« Er sah mich wieder groß an und lächelte versteckt: »Das stimmt. Aber ich werde Ihnen jetzt gleich ein Ungenügend in Geschichte geben, Herr Geschichtsprofessor! Sie vergessen ja ganz, daß es auch reiche Plebejer gab. Erinnern Sie sich?«
Ich erinnerte mich. Natürlich! Die reichen Plebejer verließen das Volk und bildeten mit den bereits etwas dekadenten Patriziern den neuen Amtsadel, die sogenannten Optimates.
»Vergessen Sies nur nicht wieder!«
»Nein.«

Das Brot

Als ich zur nächsten Stunde die Klasse, in der ich mir erlaubte, etwas über die Neger zu sagen, betrete, fühle ich sogleich, daß etwas nicht in Ordnung ist. Haben die Herren meinen Stuhl mit Tinte beschmiert? Nein. Warum schauen sie mich nur so schadenfroh an?
Da hebt einer die Hand. Was gibts? Er kommt zu mir, verbeugt sich leicht, überreicht mir einen Brief und setzt sich wieder.
Was soll das?
Ich erbreche den Brief, überfliege ihn, möchte hochfahren, beherrsche mich jedoch und tue, als würde ich ihn genau lesen. Ja, alle haben ihn unterschrieben, alle fünfundzwanzig, der W ist noch immer krank.
»Wir wünschen nicht mehr«, steht in dem Brief, »von

Ihnen unterrichtet zu werden, denn nach dem Vorgefallenen haben wir Endesunterzeichneten kein Vertrauen mehr zu Ihnen und bitten um eine andere Lehrkraft.«
Ich blicke die Endesunterzeichneten an, einen nach dem anderen. Sie schweigen und sehen mich nicht an. Ich unterdrücke meine Erregung und frage, wie so nebenbei: »Wer hat das geschrieben?«
Keiner meldet sich.
»So seid doch nicht so feig!«
Sie rühren sich nicht.
»Schön«, sage ich und erhebe mich, »es interessiert mich auch nicht mehr, wer das geschrieben hat, ihr habt euch ja alle unterzeichnet – Gut, auch ich habe nicht die geringste Lust, eine Klasse zu unterrichten, die zu mir kein Vertrauen hat. Doch glaubt mir, ich wollte nach bestem Gewissen« – ich stocke, denn ich bemerke plötzlich, daß einer unter der Bank schreibt.
»Was schreibst du dort?«
Er will es verstecken.
»Gibs her!«
Ich nehme es ihm weg und er lächelt höhnisch. Es ist ein Blatt Papier, auf dem er jedes meiner Worte mitstenographierte.
»Ach, ihr wollt mich bespitzeln?«
Sie grinsen.
Grinst nur, ich verachte euch. Hier hab ich, bei Gott, nichts mehr verloren. Soll sich ein anderer mit euch raufen!
Ich gehe zum Direktor, teile ihm das Vorgefallene mit und bitte um eine andere Klasse. Er lächelt: »Meinen Sie, die anderen sind besser?« Dann begleitet er mich in die Klasse zurück. Er tobt, er schreit, er beschimpft sie – ein herrlicher Schauspieler! Eine Frechheit wärs, brüllt er, eine Niedertracht, und die Lümmel hätten kein Recht, einen

anderen Lehrer zu fordern, was ihnen einfiele, ob sie denn verrückt geworden seien, usw.! Dann läßt er mich wieder allein zurück.
Da sitzen sie nun vor mir. Sie hassen mich. Sie möchten mich ruinieren, meine Existenz und alles, nur weil sie es nicht vertragen können, daß ein Neger auch ein Mensch ist. Ihr seid keine Menschen, nein!
Aber wartet nur, Freunde! Ich werde mir wegen euch keine Disziplinarstrafe zuziehen, geschweige denn mein Brot verlieren – nichts zum Fressen soll ich haben, was? Keine Kleider, keine Schuhe? Kein Dach? Würd euch so passen! Nein, ich werde euch von nun ab nur mehr erzählen, daß es keine Menschen gibt, außer euch, ich will es euch so lange erzählen, bis euch die Neger rösten! Ihr wollt es ja nicht anders!

Die Pest

An diesem Abend wollt ich nicht schlafen gehen. Immer sah ich das Stenogramm vor mir – ja, sie wollen mich vernichten.
Wenn sie Indianer wären, würden sie mich an den Marterpfahl binden und skalpieren, und zwar mit dem besten Gewissen.
Sie sind überzeugt, sie hätten recht.
Es ist eine schreckliche Bande!
Oder versteh ich sie nicht? Bin ich denn mit meinen vierunddreißig Jahren bereits zu alt? Ist die Kluft zwischen uns tiefer als sonst zwischen Generationen?
Heut glaube ich, sie ist unüberbrückbar.
Daß diese Burschen alles ablehnen, was mir heilig ist, wär zwar noch nicht so schlimm. Schlimmmer ist schon, wie sie es ablehnen, nämlich: ohne es zu kennen. Aber das

Schlimmmste ist, daß sie es überhaupt nicht kennenlernen wollen!
Alles Denken ist ihnen verhaßt.
Sie pfeifen auf den Menschen! Sie wollen Maschinen sein, Schrauben, Räder, Kolben, Riemen – doch noch lieber als Maschinen wären sie Munition: Bomben, Schrapnells, Granaten. Wie gerne würden sie krepieren auf irgendeinem Feld! Der Name auf einem Kriegerdenkmal ist der Traum ihrer Pubertät.
Doch halt! Ist es nicht eine große Tugend, diese Bereitschaft zum höchsten Opfer?
Gewiß, wenn es um eine gerechte Sache geht –
Um was geht es hier?
»Recht ist, was der eigenen Sippschaft frommt«, sagt das Radio. Was uns nicht gut tut, ist Unrecht. Also ist alles erlaubt, Mord, Raub, Brandstiftung, Meineid – ja, es ist nicht nur erlaubt, sondern es gibt überhaupt keine Untaten, wenn sie im Interesse der Sippschaft begangen werden! Was ist das?
Der Standpunkt des Verbrechers.
Als die reichen Plebejer im alten Rom fürchteten, daß das Volk seine Forderung, die Steuern zu erleichtern, durchdrücken könnte, zogen sie sich in den Turm der Diktatur zurück. Und sie verurteilten den Patrizier Manlius Capitolinus, der mit seinem Vermögen plebejische Schuldner aus der Schuldhaft befreien wollte, als Hochverräter zum Tode und stürzten ihn vom Tarpejischen Felsen hinab.
Seit es eine menschliche Gesellschaft gibt, kann sie aus Selbsterhaltungsgründen auf das Verbrechen nicht verzichten. Aber die Verbrechen wurden verschwiegen, vertuscht, man hat sich ihrer geschämt.
Heute ist man stolz auf sie.
Es ist eine Pest.
Wir sind alle verseucht, Freund und Feind. Unsere Seelen

sind voller schwarzer Beulen, bald werden sie sterben. Dann leben wir weiter und sind doch tot.
Auch meine Seele ist schon schwach. Wenn ich in der Zeitung lese, daß einer von denen umgekommen ist, denke ich: »Zu wenig! Zu wenig!«
Habe ich nicht auch heute gedacht: »Geht alle drauf?«
Nein, jetzt will ich nicht weiterdenken! Jetzt wasche ich meine Hände und geh ins Café. Dort sitzt immer wer, mit dem man Schach spielen kann! Nur hinaus jetzt aus meinem Zimmer! Luft! –
Die Blumen, die ich von meiner Hausfrau zum Geburtstag bekam, sind verwelkt. Sie kommen auf den Mist. Morgen ist Sonntag.
In dem Café sitzt keiner, den ich kenne. Niemand.
Was tun?
Ich geh ins Kino.
In der Wochenschau seh ich die reichen Plebejer. Sie enthüllen ihre eigenen Denkmäler, machen die ersten Spatenstiche und nehmen die Paraden ihrer Leibgarden ab. Dann folgt ein Mäuslein, das die größten Katzen besiegt, und dann eine spannende Kriminalgeschichte, in der viel geschossen wird, damit das gute Prinzip triumphieren möge.
Als ich das Kino verlasse, ist es Nacht.
Aber ich geh nicht nach Haus. Ich fürchte mich vor meinem Zimmer.
Drüben ist eine Bar, dort werd ich was trinken, wenn sie billig ist.
Sie ist nicht teuer.
Ich trete ein. Ein Fräulein will mir Gesellschaft leisten.
»So ganz allein?« fragte sie.
»Ja«, lächle ich, »leider –«
»Darf ich mich zu Ihnen setzen?«
»Nein.«

Sie zieht sich gekränkt zurück. Ich wollt Ihnen nicht weh tun, Fräulein. Seien Sie mir nicht böse, aber ich bin allein.

Das Zeitalter der Fische

Als ich den sechsten Schnaps getrunken hatte, dachte ich, man müßte eine Waffe erfinden, mit der man jede Waffe um ihren Effekt bringen könnte, gewissermaßen also: das Gegenteil einer Waffe – ach, wenn ich nur ein Erfinder wäre, was würd ich nicht alles erfinden! Wie glücklich wär die Welt!
Aber ich bin kein Erfinder, und was würde die Welt nicht alles versäumen, wenn ich ihr Licht nicht erblickt hätte? Was würde die Sonne dazu sagen? Und wer würde denn dann in meinem Zimmer wohnen?
Frag nicht so dumm, du bist betrunken! Du bist eben da. Was willst du denn noch, wo du es gar nicht wissen kannst, ob es dein Zimmer überhaupt geben würde, wenn du nicht geboren worden wärst? Vielleicht wär dann dein Bett noch ein Baum! Na also! Schäm dich, alter Esel, fragst mit metaphysischen Allüren, wie ein Schulbub von anno dazumal, der seine Aufklärung in puncto Liebe noch nicht verdaut hat! Forsche nicht im Verborgenen, trink lieber deinen siebten Schnaps!
Ich trinke, ich trinke – Meine Damen und Herren, ich liebe den Frieden nicht! Ich wünsche uns allen den Tod! Aber keinen einfachen, sondern einen komplizierten – man müßte die Folter wieder einführen, jawohl: die Folter! Man kann nicht genug Schuldgeständnisse erpressen, denn der Mensch ist schlecht!
Nach dem achten Schnaps nickte ich dem Pianisten freundlich zu, obwohl mir seine Musik bis zum sechsten

Schnaps arg mißfiel. Ich bemerkte es gar nicht, daß ein Herr vor mir stand, der mich bereits zweimal angesprochen hatte. Erst beim drittenmal erblickte ich ihn.
Ich erkannte ihn sogleich.
Es war unser Julius Caesar.
Ursprünglich ein geachteter Kollege, ein Altphilologe vom Mädchenlyzeum, geriet er in eine böse Sache. Er ließ sich mit einer minderjährigen Schülerin ein und wurde eingesperrt. Man sah ihn lange nicht, dann hörte ich, er würde mit allerhand Schund hausieren, von Tür zu Tür. Er trug eine auffallend große Krawattennadel, einen Miniaturtotenkopf, in welchem eine einzige Glühbirne stak, die mit einer Batterie in seiner Tasche verbunden war. Drückte er auf einen Knopf, leuchteten die Augenhöhlen seines Totenkopfes rot auf. Das waren seine Scherze. Eine gestrandete Existenz.
Ich weiß nicht mehr, wieso es kam, daß er plötzlich neben mir saß und daß wir in eine hitzige Debatte verstrickt waren. Ja, ich war sehr betrunken und erinnere mich nur an einzelne Gesprächsfetzen –
Julius Caesar sagt: »Was Sie da herumreden, verehrter Kollega, ist lauter unausgegorenes Zeug! Höchste Zeit, daß Sie sich mal mit einem Menschen unterhalten, der nichts mehr zu erhoffen hat und der daher mit freiem Blick den Wandel der Generationen unbestechlich begreift! Also Sie, Kollega, und ich, das sind nach Adam Riese zwei Generationen, und die Lausbuben in Ihrer Klasse sind auch eine Generation, zusammen sind wir also nach Adam Riese drei Generationen. Ich bin sechzig, Sie zirka dreißig und jene Lauser zirka vierzehn. Paßt auf! Entscheidend für die Gesamthaltung eines ganzen Lebens sind die Erlebnisse der Pubertät, insbesondere beim männlichen Geschlecht.«
»Langweilens mich nicht«, sagte ich.

»Auch wenn ich Sie langweil, hörens mir zu, sonst werd ich wild! Also das oberste und einzigste Generalproblem der Pubertät meiner Generation war das Weib, das heißt: das Weib, das wir nicht bekamen. Denn damals war das noch nicht so. Infolgedessen war unser markantestes Erlebnis jener Tage die Selbstbefriedigung, samt allen ihren altmodischen Folgeerscheinungen, nämlich mit der, wie sichs leider erst später herausstellen sollte, völlig sinnlosen Angst vor gesundheitsschädigenden Konsequenzen etcetera. Mit anderen Worten: wir stolperten über das Weib und schlitterten in den Weltkrieg hinein. Anläßlich nun Ihrer Pubertät, Kollega, war der Krieg gerade im schönsten Gange. Es gab keine Männer und die Weiber wurden williger. Ihr kamt gar nicht dazu, euch auf euch selbst zu besinnen, die unterernährte Damenwelt stürzte sich auf euer Frühlingserwachen. Für euere Generation war das Weib keine Heilige mehr, drum wird es euresgleichen auch nie restlos befriedigen, denn im tiefsten Winkel euerer Seelen sehnt ihr euch nach dem Reinen, Hehren, Unnahbaren – mit anderen Worten: nach der Selbstbefriedigung. In diesem Falle stolperten die Weiber über euch Jünglinge und schlitterten in die Vermännlichung hinein.«

»Kollega, Sie sind ein Erotomane.«

»Wieso?«

»Weil Sie die ganze Schöpfung aus einem geschlechtlichen Winkel heraus betrachten. Das ist zwar ein Kennzeichen Ihrer Generation, besonders in Ihrem Alter – aber bleiben Sie doch nicht immer im Bett liegen! Stehen Sie auf, ziehen Sie den Vorhang zur Seite, lassen Sie Licht herein und blicken Sie mit mir hinaus!«

»Und was sehen wir draußen?«

»Nichts Schönes, jedoch trotzdem!«

»Mir scheint, Sie sind ein verkappter Romantiker! Ich bitt

Sie, unterbrechens mich nicht mehr! Setz dich! Wir kommen jetzt zur dritten Generation, nämlich zu den heute Vierzehnjährigen: für die ist das Weib überhaupt kein Problem mehr, denn es gibt keine wahrhaften Frauen mehr, es gibt nur lernende, rudernde, gymnastiktreibende, marschierende Ungeheuer! Ist es Ihnen aufgefallen, daß die Weiber immer reizloser werden?«

»Sie sind ein einseitiger Mensch!«

»Wer möchte sich für eine rucksacktragende Venus begeistern? Ich nicht! Jaja, das Unglück der heutigen Jugend ist, daß sie keine korrekte Pubertät mehr hat – erotisch, politisch, moralisch etcetera, alles wurde vermanscht, verpantscht, alles in einen Topf! Und außerdem wurden zu viele Niederlagen als Siege gefeiert, zu oft wurden die innigsten Gefühle der Jugend in Anspruch genommen für irgendeinen Popanz, während sie es auf einer anderen Seite wieder zu bequem hat: sie müssen ja nur das abschreiben, was das Radio zusammenblödelt, und schon bekommen sie die besten Noten. Aber es gibt auch noch einzelne, Gott sei Dank!«

»Was für einzelne?«

Er sah sich ängstlich um, neigte sich dicht zu mir und sagte sehr leise: »Ich kenne eine Dame, deren Sohn geht ins Realgymnasium. Robert heißt er und ist fünfzehn Jahre alt. Neulich hat er so ein bestimmtes Buch gelesen, heimlich – nein, kein erotisches, sondern ein nihilistisches. Es hieß: ›Über die Würde des menschlichen Lebens‹ und ist streng verboten.«

Wir sahen uns an. Wir tranken.

»Sie glauben also, daß einzelne von denen heimlich lesen?«

»Ich weiß es. Bei jener Dame ist manchmal ein direktes Kränzchen, sie ist oft schon ganz außer sich. Die Buben lesen alles. Aber sie lesen nur, um spötteln zu können. Sie le-

ben in einem Paradies der Dummheit, und ihr Ideal ist der Hohn. Es kommen kalte Zeiten, das Zeitalter der Fische.«
»Der Fische?«
»Ich bin zwar nur ein Amateurastrolog, aber die Erde dreht sich in das Zeichen der Fische hinein. Da wird die Seele des Menschen unbeweglich wie das Antlitz eines Fisches.« – –
Das ist alles, was ich von der langen Debatte mit Julius Caesar behielt. Ich weiß nur noch, daß er, während ich sprach, öfters seinen Totenkopf illuminierte, um mich zu irritieren. Aber ich ließ mich nicht, obwohl ich sinnlos betrunken war. –
Dann erwache ich in einem fremden Zimmer. Ich lieg in einem anderen Bett. Es ist finster und ich höre wen ruhig atmen. Es ist eine Frau – aha. Sie schläft. Bist du blond, schwarz, braun, rot? Ich erinnere mich nicht. Wie siehst du denn aus? Soll ich die Lampe andrehen? Nein. Schlaf nur zu.
Vorsichtig stehe ich auf und trete ans Fenster.
Es ist noch Nacht. Ich sehe nichts. Keine Straße, kein Haus. Alles nur Nebel. Und der Schein einer fernen Laterne fällt auf den Nebel, und der Nebel sieht aus wie Wasser. Als wäre mein Fenster unter dem Meer.
Ich schau nicht mehr hinaus.
Sonst schwimmen die Fische ans Fenster und schauen herein.

Der Tormann

Als ich morgens nach Hause kam, erwartete mich bereits meine Hausfrau. Sie war sehr aufgeregt. »Es ist ein Herr da«, sagte sie, »er wartet auf Sie schon seit zwanzig Minuten, ich hab ihn in den Salon gesetzt. Wo waren Sie denn?«

»Bei Bekannten. Sie wohnen auswärts, und ich habe den letzten Zug verpaßt, drum blieb ich gleich draußen über Nacht.«
Ich betrat den Salon.
Dort stand ein kleiner, bescheidener Mann neben dem Piano. Er blätterte im Musikalbum, ich erkannte ihn nicht sogleich. Er hatte entzündete Augen. Übernächtig, ging es mir durch den Sinn. Oder hat er geweint? »Ich bin der Vater des W«, sagte er, »Herr Lehrer, Sie müssen mir helfen, es ist etwas Entsetzliches passiert! Mein Sohn wird sterben!«
»Was?!«
»Ja, er hat sich doch so furchtbar erkältet, heut vor acht Tagen beim Fußball im Stadion, und der Arzt meint, nur ein Wunder könnte ihn retten, aber es gibt keine Wunder, Herr Lehrer. Die Mutter weiß es noch gar nicht, ich wagte es ihr noch nicht mitzuteilen – mein Sohn ist nur noch manchmal bei Besinnung, Herr Lehrer, sonst hat er immer nur seine Fieberphantasien, aber wenn er bei Besinnung ist, verlangt er immer so sehr, jemanden zu sehen –«
»Mich?«
»Nein, nicht Sie, Herr Lehrer, er möchte den Tormann sehen, den Fußballer, der am letzten Sonntag so gut gespielt haben soll, der ist sein ganzes Ideal! Und ich dachte, Sie wüßten es vielleicht, wo ich diesen Tormann auftreiben könnt, vielleicht wenn man ihn bittet, daß er kommt.«
»Ich weiß, wo er wohnt«, sagte ich, »und ich werde mit ihm sprechen. Gehen Sie nur nach Hause, ich bring den Tormann mit!«
Er ging.
Ich zog mich rasch um und ging auch. Zum Tormann. Er wohnt in meiner Nähe. Ich kenne sein Sportgeschäft, das seine Schwester führt.

Da es Sonntag war, war es geschlossen. Aber der Tormann wohnt im selben Haus, im dritten Stock.
Er frühstückte gerade. Das Zimmer war voller Trophäen. Er war sofort bereit, mitzukommen. Er ließ sogar sein Frühstück stehen und lief vor mir die Treppen hinab. Er nahm uns ein Taxi und ließ mich nicht zahlen.
In der Haustür empfing uns der Vater. Er schien noch kleiner geworden zu sein. »Er ist nicht bei sich«, sagte er leise, »und der Arzt ist da, aber kommen Sie nur herein, meine Herren! Ich danke Ihnen vielmals, Herr Tormann!«
Das Zimmer war halbdunkel, und in der Ecke stand ein breites Bett. Dort lag er. Sein Kopf war hochrot, und es fiel mir ein, daß er der Kleinste der Klasse war. Seine Mutter war auch klein.
Der große Tormann blieb verlegen stehen. Also hier lag einer seiner ehrlichsten Bewunderer. Einer von den vielen tausend, die ihm zujubeln, die am meisten schreien, die seine Biographie kennen, die ihn um Autogramme bitten, die so gerne hinter seinem Tor sitzen und die er durch die Ordner immer wieder vertreiben läßt. Er setzte sich still neben das Bett und sah ihn an.
Die Mutter beugte sich über das Bett. »Heinrich«, sagte sie, »der Tormann ist da.«
Der Junge öffnete die Augen und erblickte den Tormann.
»Fein«, lächelte er.
»Ich bin gekommen«, sagte der Tormann, »denn du wolltest mich sehen.«
»Wann spielt ihr gegen England?« fragte der Junge.
»Das wissen die Götter«, meinte der Tormann, »sie streiten sich im Verband herum, und die oberste Sportbehörde funkt dazwischen! Wir haben Terminschwierigkeiten – ich glaub, wir werden eher noch gegen Schottland spielen.«
»Gegen die Schotten gehts leichter –«

»Oho! Die Schotten schießen ungeheuer rasch und aus jeder Lage.«
»Erzähl, erzähl!«
Und der Tormann erzählte. Er sprach von berühmtgewordenen Siegen und unverdienten Niederlagen, von strengen Schiedsrichtern und korrupten Linienrichtern. Er stand auf, nahm zwei Stühle, markierte mit ihnen das Tor und demonstrierte, wie er einst zwei Elfer hintereinander abgewehrt hatte. Er zeigte seine Narbe auf der Stirne, die er sich in Lissabon bei einer tollkühnen Parade geholt hatte. Und er sprach von fernen Ländern, in denen er sein Heiligtum hütete, von Afrika, wo die Beduinen mit dem Gewehr im Publikum sitzen, und von der schönen Insel Malta, wo das Spielfeld leider aus Stein besteht –
Und während der Tormann erzählte, schlief der kleine W ein. Mit einem seligen Lächeln, still und friedlich.– – –
Das Begräbnis fand an einem Mittwoch statt, nachmittags um halb zwei. Die Märzsonne schien, Ostern war nicht mehr weit.
Wir standen um das offene Grab. Der Sarg lag schon drunten.
Der Direktor war anwesend mit fast allen Kollegen, nur der Physiker fehlte, ein Sonderling. Der Pfarrer hielt die Grabrede, die Eltern und einige Verwandte verharrten regungslos. Und im Halbkreis uns gegenüber standen die Mitschüler des Verstorbenen, die ganze Klasse, alle fünfundzwanzig.
Neben dem Grab lagen die Blumen. Ein schöner Kranz trug auf einer gelb-grünen Schleife die Worte: »Letzte Grüße Dein Tormann.«
Und während der Pfarrer von der Blume sprach, die blüht und bricht, entdeckte ich den N.
Er stand hinter dem L, H und F.
Ich beobachtete ihn. Nichts rührte sich in seinem Gesicht.

Jetzt sah er mich an.
Er ist dein Todfeind, fühlte ich. Er hält dich für einen Verderber. Wehe, wenn er älter wird! Dann wird er alles zerstören, selbst die Ruinen deiner Erinnerung.
Er wünscht dir, du lägest jetzt da drunten. Und er wird auch dein Grab vernichten, damit es niemand erfährt, daß du gelebt hast.
Du darfst es dir nicht anmerken lassen, daß du weißt, was er denkt, ging es mir plötzlich durch den Sinn. Behalte sie für dich, deine bescheidenen Ideale, es werden auch nach einem N noch welche kommen, andere Generationen – glaub nur ja nicht, Freund N, daß du meine Ideale überleben wirst! Mich vielleicht.
Und wie ich so dachte, spürte ich, daß mich außer dem N noch einer anstarrte. Es war der T.
Er lächelte leise, überlegen und spöttisch.
Hat er meine Gedanken erraten?
Er lächelte noch immer, seltsam starr.
Zwei helle runde Augen schauen mich an. Ohne Schimmer, ohne Glanz.
Ein Fisch?

Der totale Krieg

Vor drei Jahren erließ die Aufsichtsbehörde eine Verordnung, durch welche sie die üblichen Osterferien in gewisser Hinsicht aufhob. Es erging nämlich die Weisung an alle Mittelschulen, anschließend an das Osterfest die Zeltlager zu beziehen. Unter »Zeltlager« verstand man eine vormilitärische Ausbildung. Die Schüler mußten klassenweise auf zehn Tage in die sogenannte freie Natur hinaus und dort, wie die Soldaten, in Zelten kampieren, unter Aufsicht des Klassenvorstands. Sie wurden von Unterof-

fizieren im Ruhestand ausgebildet, mußten exerzieren, marschieren und vom vierzehnten Lebensjahr ab auch schießen. Natürlich waren die Schüler begeistert dabei, und wir Lehrer freuten uns auch, denn auch wir spielen gerne Indianer.
Am Osterdienstag konnten also die Bewohner eines abgelegenen Dorfes einen mächtigen Autobus anrollen sehen. Der Chauffeur hupte, als käme die Feuerwehr, Gänse und Hühner flohen entsetzt, die Hunde bellten und alles lief zusammen. »Die Buben sind da! Die Buben aus der Stadt!«
Wir sind um acht Uhr früh vor unserem Gymnasium abgefahren, und jetzt war es halb drei, als wir vor dem Gemeindeamte hielten.
Der Bürgermeister begrüßt uns, der Gendarmerieinspektor salutiert. Der Lehrer des Dorfes ist natürlich am Platz, und dort eilt auch schon der Pfarrer herbei, er hat sich verspätet, ein runder freundlicher Herr.
Der Bürgermeister zeigt mir auf der Landkarte, wo sich unser Zeltlager befindet. Eine gute Stunde weit, wenn man gemütlich geht. »Der Feldwebel ist bereits dort«, sagt der Inspektor, »zwei Pioniere haben auf einem Pionierwagen die Zeltbahnen hinaufgeschafft, schon in aller Herrgottsfrüh!«
Während die Jungen aussteigen und ihr Gepäck zusammenklauben, betrachte ich noch die Landkarte: das Dorf liegt 761 Meter hoch über dem fernen Meere, wir sind schon sehr in der Nähe der großen Berge, lauter Zweitausender. Aber hinter denen stehen erst die ganz hohen und dunklen mit dem ewigen Schnee.
»Was ist das?« frage ich den Bürgermeister und deute auf einen Gebäudekomplex auf der Karte, am westlichen Rande des Dorfes. »Das ist unsere Fabrik«, sagt der Bürgermeister, »das größte Sägewerk im Bezirk, aber leider wurde es voriges Jahr stillgelegt. Aus Rentabilitätsgrün-

den« – fügt er noch hinzu und lächelt. »Jetzt haben wir viele Arbeitslose, es ist eine Not.«
Der Lehrer mischt sich ins Gespräch und setzt es mir auseinander, daß das Sägewerk einem Konzern gehört, und ich merke, daß er mit den Aktionären und Aufsichtsräten nicht sympathisiert. Ich auch nicht. Das Dorf sei arm, erklärt er mir weiter, die Hälfte lebe von Heimarbeit mit einem empörenden Schundlohn, ein Drittel der Kinder sei unterernährt –
»Jaja«, lächelt der Gendarmerieinspektor, »und das alles in der schönen Natur!«
Bevor wir zum Zeltlager aufbrechen, zieht mich noch der Pfarrer beiseite und spricht: »Hörens mal, verehrter Herr Lehrer, ich möchte Sie nur auf eine Kleinigkeit aufmerksam machen: anderthalb Stunden von Ihrem Lagerplatz befindet sich ein Schloß, der Staat hats erworben, und jetzt sind dort Mädchen einquartiert, auch so ungefähr im Alter Ihrer Buben da. Und die Mädchen laufen auch den ganzen Tag und die halbe Nacht umher, passens ein bißchen auf, daß mir keine Klagen kommen« – er lächelt.
»Ich werde aufpassen.«
»Nichts für ungut«, meint er, »aber wenn man fünfunddreißig Jahre im Beichtstuhl verbracht hat, wird man skeptisch bei anderthalb Stund Entfernung.« Er lacht. »Kommens mal zu mir, Herr Lehrer, ich hab einen prima neuen Wein bekommen!«
Um drei Uhr marschieren wir ab. Zuerst durch eine Schlucht, dann rechts einen Hang empor. In Serpentinen. Wir sehen ins Tal zurück. Es riecht nach Harz, der Wald ist lang. Endlich wird es lichter: vor uns liegt die Wiese, unser Platz. Wir kamen den Bergen immer näher.
Der Feldwebel und die beiden Pioniere sitzen auf Zeltbahnen und spielen Karten. Als sie uns kommen sehen, stehen sie rasch auf, und der Feldwebel stellt sich mir militärisch

vor. Ein ungefähr fünfzigjähriger Mann in der Reserve. Er trägt eine einfache Brille, sicher kein unrechter Mensch.
Nun gehts an die Arbeit. Der Feldwebel und die Pioniere zeigen den Jungen, wie man Zelte baut, auch ich baue mit. In der Mitte des Lagers lassen wir ein Viereck frei, dort hissen wir unsere Fahne. Nach drei Stunden steht die Stadt. Die Pioniere salutieren und steigen ins Dorf hinab.
Neben der Fahnenstange liegt eine große Kiste: dort sind die Gewehre drin. Die Schießscheiben werden aufgestellt: hölzerne Soldaten in einer fremden Uniform. Der Abend kommt, wir zünden Feuer an und kochen ab. Es schmeckt uns gut und wir singen Soldatenlieder. Der Feldwebel trinkt einen Schnaps und wird heiser. Jetzt weht der Bergwind.
»Der kommt von den Gletschern«, sagen die Jungen und husten.
Ich denke an den toten W.
Ja, du warst der Kleinste der Klasse – und der Freundlichste. Ich glaube, du wärest der einzige gewesen, der nichts gegen die Neger geschrieben hätt. Drum mußtest du auch weg. Wo bist du jetzt?
Hat dich ein Engel geholt, wie im Märchen?
Flog er mit dir dorthin, wo all die seligen Fußballer spielen? Wo auch der Tormann ein Engel ist und vor allem der Schiedsrichter, der abpfeift, wenn einer dem Ball nachfliegt? Denn das ist im Himmel das Abseits. Sitzt du gut? Natürlich! Dort droben sitzt jeder auf der Tribüne, erste Reihe, Mitte, während die bösen Ordner, die dich immer hinter dem Tor vertrieben, jetzt hinter lauter Riesen stehen und nicht aufs Spielfeld schauen können. – –
Es wird Nacht.
Wir gehen schlafen. »Morgen beginnt der Ernst!« meint der Feldwebel.

Er schläft mit mir im selben Zelt.
Er schnarcht.
Ich entzünde noch mal meine Taschenlampe, um nach der Uhr zu sehen, und entdecke dabei auf der Zeltwand neben mir einen braunroten Fleck. Was ist das?
Und ich denke, morgen beginnt der Ernst. Ja, der Ernst. In einer Kiste neben der Fahnenstange liegt der Krieg. Ja, der Krieg.
Wir stehen im Feld.
Und ich denke an die beiden Pioniere, an den Feldwebel in der Reserve, der noch kommandieren muß, und an die hölzernen Soldaten, an denen man das Schießen lernt; der Direktor fällt mir ein, der N und sein Vater, der Herr Bäckermeister bei Philippi; und ich denke an das Sägewerk, das nicht mehr sägt, und an die Aktionäre, die trotzdem mehr verdienen, an den Gendarmen, der lächelt, an den Pfarrer, der trinkt, an die Neger, die nicht leben müssen, an die Heimarbeiter, die nicht leben können, an die Aufsichtsbehörde und an die unterernährten Kinder.
Und an die Fische.
Wir stehen alle im Feld. Doch wo ist die Front?
Der Nachtwind weht, der Feldwebel schnarcht.
Was ist das für ein braunroter Fleck?
Blut?

Die marschierende Venus

Die Sonne kommt, wir stehen auf. Wir waschen uns im Bach und kochen Tee. Nach dem Frühstück läßt der Feldwebel die Jungen der Größe nach in zwei Reihen hintereinander antreten. Sie zählen ab, er teilt sie ein, in Züge und Gruppen. »Heut wird noch nicht geschossen«, sagt er, »heut wird erst ein bißchen exerziert!« Er kontrol-

liert scharf, ob die Reihen schnurgerad stehen. Das eine Auge kneift er zu: »Etwas vor, etwas zurück – besonders der dritte dort hinten, er steht ja einen Kilometer zu weit vorn!« Der dritte ist der Z. Wie schwer sich der einreihen läßt, wunder ich mich, und plötzlich hör ich die Stimme des N. Er fährt den Z an: »Hierher, Idiot!«
»Nanana!« meint der Feldwebel. »Nur nicht grob werden! Das war mal, daß man die Soldaten beschimpft hat, aber heut gibts keine Beleidigungen mehr, merk dir das, ja?!«
Der N schweigt. Er wird rot und trifft mich mit einem flüchtigen Blick. Jetzt könnt er dich aber gleich erwürgen, fühle ich, denn er ist der Blamierte. Es freut mich, aber ich lächle nicht.
»Regiment marsch!« kommandiert der Feldwebel, und dann zieht es davon, das Regiment. Vorne die Großen, hinten die Kleinen. Bald sind sie im Wald verschwunden.
Zwei blieben mit mir im Lager zurück, ein M und ein B. Sie schälen Kartoffeln und kochen die Suppe. Sie schälen mit stummer Begeisterung.
»Herr Lehrer!« ruft plötzlich der M. »Schauens mal, was dort anmarschiert kommt!« Ich schaue hin: in militärischer Ordnung marschieren etwa zwanzig Mädchen auf uns zu, sie tragen schwere Rucksäcke, und als sie näher kommen, hören wir, daß sie singen. Sie singen Soldatenlieder mit zirpendem Sopran. Der B lacht laut. Jetzt erblicken sie unser Zeltlager und halten. Die Führerin spricht auf die Mädchen ein und geht dann allein auf uns zu. Es sind zirka zweihundert Meter. Ich geh ihr entgegen.
Wir werden bekannt, sie ist Lehrerin in einer größeren Provinzstadt, und die Mädchen gehen in ihre Klasse. Jetzt wohnen sie in einem Schloß, es sind also dieselben, vor denen mich der Herr Pfarrer warnte.
Ich begleite meine Kollegin zurück, die Mädchen starren

mich an, wie Kühe auf der Weide. Nein, der Herr Pfarrer braucht sich keine Sorgen zu machen, denn, alles was recht ist, einladend sehen diese Geschöpfe nicht aus! Verschwitzt, verschmutzt und ungepflegt, bieten sie dem Betrachter keinen erfreulichen Anblick.
Die Lehrerin scheint meine Gedanken zu erraten, sie ist also wenigstens noch in puncto Gedankenlesen ein Weib, und setzt mir folgendes auseinander: »Wir berücksichtigen weder Flitter noch Tand, wir legen mehr Wert auf das Leistungsprinzip als auf das Darbietungsprinzip.«
Ich will mich mit ihr nicht über den Unwert der verschiedenen Prinzipien auseinandersetzen, sage nur: »Aha!« und denke mir, neben diesen armen Tieren ist ja selbst der N noch ein Mensch.
»Wir sind eben Amazonen«, fährt die Lehrerin fort. Aber die Amazonen sind nur eine Sage, doch ihr seid leider Realität. Lauter mißleitete Töchter der Eva!
Julius Caesar fällt mir ein.
Er kann sich für keine rucksacktragende Venus begeistern.
Ich auch nicht. –
Bevor sie weitermarschieren, erzählt mir die Lehrerin noch, die Mädchen würden heute vormittag den verschollenen Flieger suchen. Wieso, ist einer abgestürzt? Nein, das »Verschollenen-Flieger-suchen« sei nur ein neues wehrsportliches Spiel für die weibliche Jugend. Ein großer weißer Karton wird irgendwo im Unterholz versteckt, die Mädchen schwärmen in Schwarmlinie durch das Unterholz und suchen und suchen den Karton. »Es ist für den Fall eines Krieges gedacht«, fügt sie noch erläuternd hinzu, »damit wir gleich eingesetzt werden können, wenn einer abgestürzt ist. Im Hinterland natürlich, denn Weiber kommen ja leider nicht an die Front.«
Leider!
Dann ziehen sie weiter, in militärischer Ordnung. Ich seh

ihnen nach: vom vielen Marschieren wurden die kurzen Beine immer kürzer. Und dicker.
Marschiert nur zu, Mütter der Zukunft!

Unkraut

Der Himmel ist zart, die Erde blaß. Die Welt ist ein Aquarell mit dem Titel: »April«.
Ich geh um das Lager herum und folge dann einem Feldweg. Was liegt dort hinter dem Hügel?
Der Weg macht eine große Krümmung, er weicht dem Unterholz aus. Die Luft ist still, wie die ewige Ruh. Nichts brummt, nichts summt. Die meisten Käfer schlafen noch.
Hinter dem Hügel liegt in einer Mulde ein einsamer Bauernhof. Kein Mensch ist zu sehen. Auch der Hund scheint fortgegangen zu sein. Ich will schon hinabsteigen, da halte ich unwillkürlich, denn plötzlich erblicke ich hinter der Hecke an der schmalen Straße, die am Hof vorbeiführt, drei Gestalten. Es sind Kinder, die sich verstecken, zwei Buben und ein Mädchen. Die Buben dürften dreizehn Jahre alt sein, das Mädchen vielleicht zwei Jahre älter. Sie sind barfuß. Was treiben sie dort, warum verstecken sie sich? Ich warte. Jetzt erhebt sich der eine Bub und geht auf den Hof zu, plötzlich schrickt er zusammen und verkriecht sich rasch wieder hinter der Hecke. Ich höre einen Wagen rasseln. Ein Holzfuhrwerk mit schweren Pferden fährt langsam vorbei. Als es nicht mehr zu sehen ist, geht der Bub wieder auf den Hof zu, er tritt an die Haustür und klopft. Er muß mit einem Hammer geklopft haben, denke ich, denn es dröhnte so laut. Er lauscht und die beiden anderen auch. Das Mädel hat sich emporgereckt und schaut über die Hecke. Sie ist groß und schlank, geht es

mir durch den Sinn. Jetzt klopft der Bub wieder, noch lauter. Da öffnet sich die Haustür und eine alte Bäuerin erscheint, sie geht gebückt auf einen Stock. Sie sieht sich um, als würde sie schnuppern. Der Bub gibt keinen Ton von sich. Plötzlich ruft die Alte: »Wer ist denn da?!« Warum ruft sie, wenn der Bub vor ihr steht? Jetzt schreit sie wieder: »Wer ist denn da?!« Sie geht mit dem Stock tastend an dem Buben vorbei, sie scheint ihn nicht zu sehen – ist sie denn blind? Das Mädel deutet auf die offene Haustür, es sieht aus, als wärs ein Befehl, und der Bub schleicht auf Zehenspitzen ins Haus hinein. Die Alte steht und lauscht. Ja, sie ist blind. Jetzt klirrts im Haus, als wär ein Teller zerbrochen. Die Blinde zuckt furchtbar zusammen und brüllt: »Hilfe! Hilfe!« – da stürzt das Mädel auf sie los und hält ihr den Mund zu, der Bub erscheint in der Haustür mit einem Laib Brot und einer Vase, das Mädel schlägt der Alten den Stock aus der Hand – ich rase hinab. Die Blinde wankt, stolpert und stürzt, die drei Kinder sind verschwunden.
Ich bemühe mich um die Alte, sie wimmert. Ein Bauer eilt herbei, er hat das Geschrei gehört und hilft mir. Wir bringen sie in das Haus, und ich erzähle dem Bauer, was ich beobachtet habe. Er ist nicht sonderlich überrascht: »Jaja, sie haben die Mutter herausgelockt, damit sie durch die offene Tür hinein können, es ist immer dieselbe Bagage, man faßt sie nur nicht. Sie stehlen wie die Raben, eine ganze Räuberbande!«
»Kinder?!«
»Ja«, nickt der Bauer, »auch drüben im Schloß, wo die Mädchen liegen, haben sie schon gestohlen. Erst unlängst die halbe Wäsch. Passens nur auf, daß sie Ihnen im Lager keinen Besuch abstatten!«
»Nein – nein! Wir passen schon auf!«
»Denen trau ich alles zu. Es ist Unkraut und gehört vertilgt!«

Ich gehe ins Lager zurück. Die Blinde hat sich beruhigt und war mir dankbar. Wofür? Ist es denn nicht selbstverständlich, daß ich sie nicht auf dem Boden liegen ließ? Eine verrohte Gesellschaft, diese Kinder!
Ich halte plötzlich, denn es wird mir ganz seltsam zumute. Ich entrüste mich ja gar nicht über diesen Roheitsakt, geschweige denn über das gestohlene Brot, ich verurteile nur. Warum bin ich nur nicht empört? Weil es arme Kinder sind, die nichts zum Fressen haben? Nein, das ist es nicht.
Der Weg macht eine große Krümmung, und ich schneide ihn ab. Das darf ich mir ruhig leisten, denn ich habe einen guten Orientierungssinn und werde das Zeltlager finden.
Ich gehe durch das Unterholz. Hier steht das Unkraut und gedeiht. Immer muß ich an das Mädel denken, wie es sich reckt und über die Hecke schaut. Ist sie der Räuberhauptmann? Ihre Augen möchte ich sehen. Nein, ich bin kein Heiliger!
Das Dickicht wird immer schlimmer.
Was liegt denn dort?
Ein weißer Karton. Darauf steht mit roten Buchstaben: »Flugzeug«. Ach, der verschollene Flieger! Sie haben ihn noch nicht gefunden.
Also hier bist du abgestürzt? War es ein Luftkampf oder ein Abwehrgeschütz? Bist du ein Bomber gewesen? Jetzt liegst du da, zerschmettert, verbrannt, verkohlt. Karton, Karton!
Oder lebst du noch? Bist schwer verwundet und sie finden dich nicht? Bist ein feindlicher oder ein eigener? Wofür stirbst du jetzt, verschollener Flieger? Karton, Karton!

Und da höre ich eine Stimme: »Niemand kann das ändern« – es ist die Stimme einer Frau. Traurig und warm. Sie klingt aus dem Dickicht.
Vorsichtig biege ich die Äste zurück.
Dort sitzen zwei Mädchen vom Schloß. Mit den Beinen, kurz und dick. Die eine hält einen Kamm in der Hand, die andere weint.
»Was geht er mich denn an, der verschollene Flieger?« schluchzt sie. »Was soll ich denn da im Wald herumlaufen? Schau, wie meine Beine geschwollen sind, ich möcht nicht mehr marschieren! Von mir aus soll er draufgehen, der verschollene Flieger, ich möcht auch leben! Nein, ich will fort, Annie, fort! Nur nicht mehr im Schloß schlafen, das ist ja ein Zuchthaus! Ich möcht mich waschen und kämmen und bürsten!«
»Sei ruhig«, tröstet sie Annie und kämmt ihr liebevoll das fette Haar aus dem verweinten Gesicht. »Was sollen wir armen Mädchen tun? Auch die Lehrerin hat neulich heimlich geweint. Mama sagt immer, die Männer sind verrückt geworden und machen die Gesetze.«
Ich horche auf. Die Männer?
Jetzt küßt Annie ihre Freundin auf die Stirne, und ich schäme mich. Wie schnell war ich heut mit dem Spott dabei!
Ja, vielleicht hat Annies Mama recht. Die Männer sind verrückt geworden, und die nicht verrückt geworden sind, denen fehlt der Mut, die tobenden Irrsinnigen in die Zwangsjacken zu stecken.
Ja, sie hat recht.
Auch ich bin feig.

Ich betrete das Lager. Die Kartoffeln sind geschält, die Suppe dampft. Das Regiment ist wieder zu Haus. Die Jungen sind munter, nur der Feldwebel klagt über Kopfschmerzen. Er hat sich etwas überanstrengt, doch will ers nicht zugeben. Plötzlich fragt er: »Für wie alt halten Sie mich, Herr Lehrer?« »Zirka fünfzig.« »Dreiundsechzig«, lächelt er geschmeichelt, »ich war sogar im Weltkrieg schon Landsturm.« Ich fürchte, er beginnt, Kriegserlebnisse zu erzählen, aber ich fürchte mich umsonst. »Reden wir lieber nicht vom Krieg«, sagt er, »ich hab drei erwachsene Söhne.« Er betrachtet sinnend die Berge und schluckt das Aspirin. Ein Mensch.

Ich erzähl ihm von der Räuberbande. Er springt auf und läßt die Jungen sofort antreten. Er hält eine Ansprache an sein Regiment: in der Nacht würden Wachen aufgestellt werden, je vier Jungen für je zwei Stunden. Osten, Westen, Süden, Norden, denn das Lager müßte verteidigt werden, Gut mit Blut, bis zum letzten Mann!

Die Jungen schreien begeistert »Hurrah!«

»Komisch«, meint der Feldwebel, »jetzt hab ich keine Kopfschmerzen mehr« – –

Nach dem Mittagessen steig ich ins Dorf hinab. Ich muß mit dem Bürgermeister verschiedene Fragen ordnen: einige Formalitäten und die Nahrungsmittelzufuhr, denn ohne zu essen kann man nicht exerzieren.

Beim Bürgermeister treffe ich den Pfarrer, und er läßt nicht locker, ich muß zu ihm mit seinen neuen prima Wein probieren. Ich trinke gern, und der Pfarrer ist ein gemütlicher Herr.

Wir gehen durchs Dorf, und die Bauern grüßen den Pfarrer. Er führt mich den kürzesten Weg zum Pfarrhaus. Jetzt biegen wir in eine Seitenstraße. Hier hören die Bauern auf.

»Hier wohnen die Heimarbeiter«, sagt der Pfarrer und blickt zum Himmel empor.
Die grauen Häuser stehen dicht beieinander. An den offenen Fenstern sitzen lauter Kinder mit weißen alten Gesichtern und bemalen bunte Puppen. Hinter ihnen ist es schwarz.
»Sie sparen das Licht«, sagt der Pfarrer und fügt noch hinzu: »Sie grüßen mich nicht, sie sind verhetzt.« Er beginnt plötzlich schneller zu gehen. Ich gehe gerne mit.
Die Kinder sehen mich groß an, seltsam starr. Nein, das sind keine Fische, das ist kein Hohn, das ist Haß. Und hinter dem Haß sitzt die Trauer in den finsteren Zimmern. Sie sparen das Licht, denn sie haben kein Licht. Das Pfarrhaus liegt neben der Kirche. Die Kirche ist ein strenger Bau, das Pfarrhaus liegt gemächlich da. Um die Kirche herum liegt der Friedhof, um das Pfarrhaus herum ein Garten. Im Kirchturm läuten die Glocken, aus dem Rauchfang des Pfarrhauses steigt blauer Dunst. Im Garten des Todes blühen die weißen Blumen, im Garten des Pfarrers wächst das Gemüse. Dort stehen Kreuze, hier steht ein Gartenzwerg. Und ein ruhendes Reh. Und ein Pilz.
Im Pfarrhaus drinnen ist Sauberkeit. Kein Stäubchen fliegt durch die Luft. Im Friedhof daneben wird alles zu Staub.
Der Pfarrer führt mich in sein schönstes Zimmer. »Nehmen Sie Platz, ich hole den Wein!«
Er geht in den Keller, ich bleibe allein.
Ich setze mich nicht.
An der Wand hängt ein Bild.
Ich kenne es.
Es hängt auch bei meinen Eltern.
Sie sind sehr fromm.
Es war im Krieg, da habe ich Gott verlassen. Es war zuviel verlangt von einem Kerl in den Flegeljahren, daß er begreift, daß Gott einen Weltkrieg zuläßt.

bin kein einfacher Bauernpfarrer, ich wurde nur für einige Zeit hierher versetzt. Wie man so zu sagen pflegt, gewissermaßen strafversetzt« – er lächelt: »Jaja, nur selten wird einer heilig, der niemals unheilig, nur selten einer weise, der nie dumm gewesen ist! Und ohne die kleinen Dummheiten des Lebens wären wir ja alle nicht auf der Welt.«
Er lacht leise, aber ich lache nicht mit.
Er leert wieder sein Glas.
Ich frage plötzlich: »Wenn also die staatliche Ordnung gottgewollt –«
»Falsch!« unterbricht er mich. »Nicht die staatliche Ordnung, sondern der Staat ist naturnotwendig, also gottgewollt.«
»Das ist doch dasselbe!«
»Nein, das ist nicht dasselbe. Gott schuf die Natur, also ist gottgewollt, was naturnotwendig ist. Aber die Konsequenzen der Erschaffung der Natur, das heißt in diesem Falle: die Ordnung des Staates, ist ein Produkt des freien menschlichen Willens. Also ist nur der Staat gottgewollt, nicht aber die staatliche Ordnung.«
»Und wenn ein Staat zerfällt?«
»Ein Staat zerfällt nie, es löst sich höchstens seine gesellschaftliche Struktur auf, um einer anderen Platz zu machen. Der Staat selbst bleibt immer bestehen, auch wenn das Volk, das ihn bildet, stirbt. Denn dann kommt ein anderes.«
»Also ist der Zusammenbruch einer staatlichen Ordnung nicht naturnotwendig?«
Er lächelt: »Manchmal ist so ein Zusammenbruch sogar gottgewollt.«
»Warum nimmt also die Kirche, wenn die gesellschaftliche Struktur eines Staates zusammenbricht, immer die Partei der Reichen? Also in unserer Zeit: warum stellt sich die

Ich betrachte noch immer das Bild.
Gott hängt am Kreuz. Er ist gestorben. Maria weint und Johannes tröstet sie. Den schwarzen Himmel durchzuckt ein Blitz. Und rechts im Vordergrunde steht ein Krieger, in Helm und Panzer, der römische Hauptmann.
Und wie ich das Bild so betrachte, bekomme ich Sehnsucht nach meinem Vaterhaus.
Ich möchte wieder klein sein.
Aus dem Fenster schauen, wenn es stürmt.
Wenn die Wolken niedrig hängen, wenn es donnert, wenn es hagelt.
Wenn der Tag dunkel wird.
Und es fällt mir meine erste Liebe ein. Ich möcht sie nicht wiedersehen.
Geh heim!
Und es fällt mir die Bank ein, auf der ich saß und überlegte: was willst du werden? Lehrer oder Arzt?
Lieber als Arzt wollte ich Lehrer werden. Lieber als Kranke heilen, wollte ich Gesunden etwas mitgeben, einen winzigen Stein für den Bau einer schöneren Zukunft.
Die Wolken ziehen, jetzt kommt der Schnee.
Geh heim!
Heim, wo du geboren wurdest. Was suchst du noch auf der Welt?
Mein Beruf freut mich nicht mehr.
Geh heim!

Auf der Suche nach den Idealen der Menschheit

Der Wein des Pfarrers schmeckt nach Sonne. Aber der Kuchen nach Weihrauch. Wir sitzen in der Ecke.
Er hat mir sein Haus gezeigt.
Seine Köchin ist fett. Sicher kocht sie gut.

»Ich esse nicht viel«, sagt plötzlich der Pfarrer.
Hat er meine Gedanken erraten?
»Ich trinke aber umsomehr«, sagte er und lacht.
Ich kann nicht recht lachen. Der Wein schmeckt und schmeckt doch nicht. Ich rede und stocke, immer wieder befangen. Warum nur?
»Ich weiß, was Sie beschäftigt,« meint der Pfarrer, »Sie denken an die Kinder, die in den Fenstern sitzen und die Puppen bemalen und mich nicht grüßen.«
Ja, an die Kinder denke ich auch.
»Es überrascht Sie, wie mir scheint, daß ich Ihre Gedanken errate, aber das fällt mir nicht schwer, denn der Herr Lehrer hier im Dorfe sieht nämlich auch überall nur jene Kinder. Wir debattieren, wo wir uns treffen. Mit mir kann man nämlich ruhig reden, ich gehöre nicht zu jenen Priestern, die nicht hinhören oder böse werden, ich halte es mit dem heiligen Ignatius, der sagt: Ich gehe mit jedem Menschen durch seine Tür hinein, um ihn bei meiner Tür hinauszuführen.«
Ich lächle ein wenig und schweige.
Er trinkt sein Glas aus.
Ich schau ihn abwartend an. Noch kenne ich mich nicht aus.
»Die Ursache der Not«, fährt er fort, »besteht nicht darin, daß mir der Wein schmeckt, sondern darin, daß das Sägewerk nicht mehr sägt. Unser Lehrer ist hier der Meinung, daß wir durch die überhastete Entwicklung der Technik andere Produktionsverhältnisse brauchen und eine ganz neuartige Kontrolle des Besitzes. Er hat recht. Warum schauen Sie mich so überrascht an?«
»Darf man offen reden?«
»Nur!«
»Ich denke, daß die Kirche immer auf der Seite der Reichen steht.«

»Das stimmt. Weil sie muß.«
»Muß?«
»Kennen Sie einen Staat, in dem nicht die Reichen r
ren? ›Reichsein‹ ist doch nicht nur identisch mit ›
haben‹ – und wenn es keine Sägewerksaktionäre
geben wird, dann werden eben andere Reiche regi
man braucht keine Aktien, um reich zu sein. Es
immer Werte geben, von denen einige Leute mehr h
werden als alle übrigen zusammen. Mehr Sterne am
gen, mehr Streifen am Ärmel, mehr Orden auf der B
sichtbar oder unsichtbar, denn arm und reich wir
immer geben, genau wie dumm und gescheit. Und
Kirche, Herr Lehrer, ist leider nicht die Macht gegeber
bestimmen, wie ein Staat regiert werden soll. Es ist
ihre Pflicht, immer auf seiten des Staates zu stehen,
leider immer nur von den Reichen regiert werden wir
»Ihre Pflicht?«
»Da der Mensch von Natur aus ein geselliges Wesen ist
er auf eine Verbindung in Familie, Gemeinde und St
angewiesen. Der Staat ist eine rein menschliche Einri
tung, die nur den einen Zweck haben soll, die irdis
Glückseligkeit nach Möglichkeit herzustellen. Er ist
turnotwendig, also gottgewollt, der Gehorsam ihm
genüber Gewissenspflicht.«
»Sie wollen doch nicht behaupten, daß zum Beispiel
heutige Staat nach Möglichkeit irdische Glückseligkei
herstellt?«
»Das behaupte ich keineswegs, denn die ganze mens
liche Gesellschaft ist aufgebaut auf Eigenliebe, Heuc
lei und roher Gewalt. Wie sagt Pascal? ›Wir begeh
die Wahrheit und finden in uns nur Ungewißheit. V
suchen das Glück und finden nur Elend und Tod.‹
wundern sich, daß ein einfacher Bauernpfarrer Pas
zitiert – nun, Sie müssen sich nicht wundern, denn i

Kirche immer auf die Seite der Sägewerksaktionäre und nicht auf die Seite der Kinder in den Fenstern?«
»Weil die Reichen immer siegen.«
Ich kann mich nicht beherrschen: »Eine feine Moral!« Er bleibt ganz ruhig: »Richtig zu denken, ist das Prinzip der Moral.« Er leert wieder sein Glas. »Ja, die Reichen werden immer siegen, weil sie die Brutaleren, Niederträchtigeren, Gewissenloseren sind. Es steht doch schon in der Schrift, daß eher ein Kamel durch das Nadelöhr geht, denn daß ein Reicher in den Himmel kommt.«
»Und die Kirche? Wird die durch das Nadelöhr kommen?«
»Nein«, sagt er und lächelt wieder, »das wäre allerdings nicht gut möglich. Denn die Kirche ist ja das Nadelöhr.«
Dieser Pfaffe ist verteufelt gescheit, denke ich mir, aber er hat nicht recht. Er hat nicht recht! Und ich sage: »Die Kirche dient also den Reichen und denkt nicht daran, für die Armen zu kämpfen –«
»Sie kämpft auch für die Armen«, fällt er mir ins Wort, »aber an einer anderen Front.«
»An einer himmlischen, was?«
»Auch dort kann man fallen.«
»Wer?«
»Jesus Christus.«
»Aber das war doch der Gott! Und was kam dann?« Er schenkt mir ein und blickt nachdenklich vor sich hin. »Es ist gut«, meint er leise, »daß es der Kirche heutzutag in vielen Ländern nicht gut geht. Gut für die Kirche.«
»Möglich«, antworte ich kurz und merke, daß ich aufgeregt bin. »Doch kommen wir wieder auf jene Kinder in den Fenstern zurück! Sie sagten, als wir durch die Gasse gingen: ›Sie grüßen mich nicht, sie sind verhetzt.‹ Sie sind doch ein gescheiter Mensch, Sie müssen es doch wissen, daß jene Kinder nicht verhetzt sind, sondern daß sie nichts zum Fressen haben!«

Er sieht mich groß an.
»Ich meinte, sie seien verhetzt«, sagte er langsam, »weil sie nicht mehr an Gott glauben.«
»Wie können Sie das von ihnen verlangen!«
»Gott geht durch alle Gassen.«
»Wie kann Gott durch jene Gasse gehen, die Kinder sehen und ihnen nicht helfen?«
Er schweigt. Er trinkt bedächtig seinen Wein aus. Dann sieht er mich wieder groß an: »Gott ist das Schrecklichste auf der Welt.«
Ich starre ihn an. Hatte ich richtig gehört? Das Schrecklichste?!
Er erhebt sich, tritt an das Fenster und schaut auf den Friedhof hinaus. »Er straft«, höre ich seine Stimme.
Was ist das für ein erbärmlicher Gott, denke ich mir, der die armen Kinder straft!
Jetzt geht der Pfarrer auf und ab.
»Man darf Gott nicht vergessen«, sagt er, »auch wenn wir es nicht wissen, wofür er uns straft. Wenn wir nur niemals einen freien Willen gehabt hätten!«
»Ach, Sie meinen die Erbsünde!«
»Ja.«
»Ich glaube nicht daran.«
Er hält vor mir.
»Dann glauben Sie auch nicht an Gott.«
»Richtig. Ich glaube nicht an Gott.« – –
»Hören Sie«, breche ich plötzlich das Schweigen, denn nun muß ich reden, »ich unterrichte Geschichte und weiß es doch, daß es auch vor Christi Geburt eine Welt gegeben hat, die antike Welt, Hellas, eine Welt ohne Erbsünde –«
»Ich glaube, ihr irrt Euch«, fällt er mir ins Wort und tritt an sein Bücherregal. Er blättert in einem Buch. »Da Sie Geschichte unterrichten, muß ich Ihnen wohl nicht erzäh-

len, wer der erste griechische Philosoph war, ich meine: der älteste.«
»Thales von Milet.«
»Ja. Aber seine Gestalt ist noch halb in der Sage, wir wissen nichts Bestimmtes von ihm. Das erste schriftlich erhaltene Dokument der griechischen Philosophie, das wir kennen, stammt von Anaximander, ebenfalls aus der Stadt Milet – geboren 610, gestorben 547 vor Christi Geburt. Es ist nur ein Satz.«
Er geht ans Fenster, denn es beginnt bereits zu dämmern, und liest:
»Woraus die Dinge entstanden sind, darein müssen sie auch wieder vergehen nach dem Schicksal; denn sie müssen Buße und Strafe zahlen für die Schuld ihres Daseins nach der Ordnung der Zeit.«

Der römische Hauptmann

Vier Tage sind wir nun im Lager. Gestern erklärte der Feldwebel den Jungen den Mechanismus des Gewehres, wie man es pflegt und putzt. Heut putzen sie den ganzen Tag, morgen werden sie schießen. Die hölzernen Soldaten warten bereits darauf, getroffen zu werden.
Die Jungen fühlen sich überaus wohl, der Feldwebel weniger. Er ist in diesen vier Tagen zehn Jahre älter geworden. In weiteren vier wird er älter aussehen, als er ist. Außerdem hat er sich den Fuß übertreten und wahrscheinlich eine Sehne verzerrt, denn er hinkt.
Doch er verbeißt seine Schmerzen. Nur mir erzählte er gestern vor dem Einschlafen, er würde schon ganz gerne wieder Kegel schieben, Karten spielen, in einem richtigen Bett liegen, eine stramme Kellnerin hinten hineinzwicken, kurz: zu Hause sein. Dann schlief er ein und schnarchte.

Er träumte, er wäre ein General und hätt eine Schlacht gewonnen. Der Kaiser hätt alle seine Orden ausgezogen und selbe ihm an die Brust geheftet. Und an den Rücken. Und die Kaiserin hätt ihm die Füß geküßt.
»Was hat das zu bedeuten?« fragte er mich in aller Früh.
»Wahrscheinlich ein Wunschtraum«, sagte ich. Er sagte, er hätte es sich noch nie in seinem Leben gewünscht, daß ihm eine Kaiserin die Füß küßt. »Ich werds mal meiner Frau schreiben«, meinte er nachdenklich, »die hat ein Traumbuch. Sie soll mal nachschauen, was General, Kaiser, Orden, Schlacht, Brust und Rücken bedeuten.«
Während er vor unserem Zelte schrieb, erschien aufgeregt ein Junge, und zwar der L.
»Was gibts?«
»Ich bin bestohlen worden!«
»Bestohlen?!«
»Man hat mir meinen Apparat gestohlen, Herr Lehrer, meinen photographischen Apparat!«
Er war ganz außer sich.
Der Feldwebel sah mich an. Was tun? lag in seinem Blick.
»Antreten lassen«, sagte ich, denn mir fiel auch nichts Besseres ein. Der Feldwebel nickte befriedigt, humpelte auf den freien Platz, wo die Fahne wehte, und brüllte wie ein alter Hirsch: »Regiment antreten!«
Ich wandte mich an den L:
»Hast du einen Verdacht?«
»Nein.«
Das Regiment war angetreten. Ich verhörte sie, keiner konnte etwas sagen. Ich ging mit dem Feldwebel in das Zelt, wo der L schlief. Sein Schlafsack lag gleich neben dem Eingang links. Wir fanden nichts.
»Ich halte es für ausgeschlossen«, sagte ich zum Feldwebel, »daß einer der Jungen der Dieb ist, denn sonst wären ja auch mal im Schuljahr Diebstähle vorgekommen. Ich

glaube eher, daß die aufgestellten Wachen nicht richtig ihre Pflicht erfüllten, so daß die Räuberbande sich hereinschleichen konnte.«
Der Feldwebel gab mir recht, und wir beschlossen, in der folgenden Nacht die Wachen zu kontrollieren. Aber wie? Ungefähr hundert Meter vom Lager entfernt stand ein Heuschober. Dort wollten wir übernachten und von dort aus die Wachen kontrollieren. Der Feldwebel von neun bis eins und ich von eins bis sechs.
Nach dem Nachtmahl schlichen wir uns heimlich aus dem Lager. Keiner der Jungen bemerkte uns. Ich machte es mir im Heu bequem. –
Um ein Uhr nachts weckt mich der Feldwebel.
»Bis jetzt ist alles in Ordnung«, meldet er mir. Ich klettere aus dem Heu und postiere mich im Schatten der Hütte. Im Schatten? Ja, denn es ist eine Vollmondnacht.
Eine herrliche Nacht.
Ich sehe das Lager und erkenne die Wachen. Jetzt werden sie abgelöst.
Sie stehen oder gehen ein paar Schritte hin und her.
Osten, Westen, Norden, Süden – auf jeder Seite einer. Sie bewachen ihre photographischen Apparate.
Und wie ich so sitze, fällt mir das Bild ein, das beim Pfarrer hängt und auch bei meinen Eltern.
Die Stunden gehen.
Ich unterrichte Geschichte und Geographie.
Ich muß die Gestalt der Erde erklären und ihre Geschichte deuten.
Die Erde ist noch rund, aber die Geschichten sind viereckig geworden.
Jetzt sitze ich da und darf nicht rauchen, denn ich überwache die Wache.
Es ist wahr: mein Beruf freut mich nicht mehr.
Warum fiel mir nur jenes Bild wieder ein?

Wegen des Gekreuzigten? Nein.
Wegen seiner Mutter – nein. Plötzlich wirds mir klar: wegen des Kriegers in Helm und Panzer, wegen des römischen Hauptmanns.
Was ist denn nur mit dem?
Er leitete die Hinrichtung eines Juden. Und als der Jude starb, sagte er: »Wahrlich, so stirbt kein Mensch!«
Er hat also Gott erkannt.
Aber was tat er? Was zog er für Konsequenzen?
Er blieb ruhig unter dem Kreuze stehen.
Ein Blitz durchzuckte die Nacht, der Vorhang im Tempel riß, die Erde bebte – er blieb stehen.
Er erkannte den neuen Gott, als der am Kreuze starb, und wußte nun, daß seine Welt zum Tode verurteilt war. Und?
Ist er etwa in einem Krieg gefallen? Hat er es gewußt, daß er für nichts fällt?
Freute ihn noch sein Beruf?
Oder ist er etwa alt geworden? Wurde er pensioniert? Lebte er in Rom oder irgendwo an der Grenze, wo es billiger war?
Vielleicht hatte er dort ein Häuschen. Mit einem Gartenzwerg. Und am Morgen erzählte ihm seine Köchin, daß gestern jenseits der Grenze wieder neue Barbaren aufgetaucht sind. Die Lucia vom Herrn Major hat sie mit eigenen Augen gesehen.
Neue Barbaren, neue Völker.
Sie rüsten, sie rüsten. Sie warten.
Und der römische Hauptmann wußte es, die Barbaren werden alles zertrümmern. Aber es rührte ihn nicht. Für ihn war bereits alles zertrümmert.
Er lebte still als Pensionist, er hatte es durchschaut.
Das große römische Reich.

Der Mond hängt nun direkt über den Zelten.
Es muß zirka zwei Uhr sein. Und ich denke, jetzt sind die Cafés noch voll.
Was macht jetzt wohl Julius Caesar?
Er wird seinen Totenkopf illuminieren, bis ihn der Teufel holt!
Komisch: ich glaube an den Teufel, aber nicht an den lieben Gott.
Wirklich nicht?
Ich weiß es nicht. Doch, ich weiß es! Ich will nicht an ihn glauben! Nein, ich will nicht!
Es ist mein freier Wille.
Und die einzige Freiheit, die mir verblieb: glauben oder nicht glauben zu dürfen.
Aber offiziell natürlich so zu tun, als ob.
Je nachdem: einmal ja, einmal nein.
Was sagte der Pfaffe?
»Der Beruf des Priesters besteht darin, den Menschen auf den Tod vorzubereiten, denn wenn der Mensch keine Angst vor dem Sterben mehr hat, wird ihm das Leben leichter.«
Satt wird er nicht davon!
»Aus diesem Leben des Elends und der Widersprüche«, sagte der Pfaffe, »rettet uns einzig und allein die göttliche Gnade und der Glaube an die Offenbarung.« Ausreden!
»Wir werden gestraft und wissen nicht wofür.«
Frag die Regierenden!
Und was sagte der Pfaffe noch?
»Gott ist das Schrecklichste auf der Welt.«
Stimmt! – –
Lieblich waren die Gedanken, die mein Herz durchzogen.

Sie kamen aus dem Kopf, kostümierten sich mit Gefühl, tanzten und berührten sich kaum.
Ein vornehmer Ball. Exklusive Kreise. Gesellschaft!
Im Mondlicht drehten sich die Paare.
Die Feigheit mit der Tugend, die Lüge mit der Gerechtigkeit, die Erbärmlichkeit mit der Kraft, die Tücke mit dem Mut.
Nur die Vernunft tanzte nicht mit.
Sie hatte sich besoffen, hatte nun einen Moralischen und schluchzte in einer Tour: »Ich bin blöd, ich bin blöd!« – Sie spie alles voll.
Aber man tanzte darüber hinweg.
Ich lausche der Ballmusik.
Sie spielt einen Gassenhauer, betitelt: »Der einzelne im Dreck.«
Sortiert nach Sprache, Rasse und Nation stehen die Haufen nebeneinander und fixieren sich, wer größer ist. Sie stinken, daß sich jeder einzelne die Nase zuhalten muß.
Lauter Dreck! Alles Dreck!
Düngt damit!
Dünget die Erde, damit etwas wächst!
Nicht Blumen, sondern Brot!
Aber betet euch nicht an!
Nicht den Dreck, den ihr gefressen habt!

Z und N

Fast vergaß ich meine Pflicht: vor einem Heuschober zu sitzen, nicht rauchen zu dürfen und die Wache zu kontrollieren.
Ich blicke hinab: dort wachen sie.
Ost und West, Nord und Süd.
Alles in Ordnung.

Doch halt! Dort geht doch was vor sich –
Was denn?
Im Norden. Dort spricht doch der Posten mit jemand. Wer ist denn der Posten?
Es ist der Z.
Mit wem spricht er denn?
Oder ists nur der Schatten einer Tanne?
Nein, das ist kein Schatten, das ist eine Gestalt.
Jetzt scheint der Mond auf sie: es ist ein Junge. Ein fremder Junge.
Was ist dort los?
Der Fremde scheint ihm etwas zu geben, dann ist er verschwunden.
Der Z rührt sich kurze Zeit nicht, ganz regungslos steht er da.
Lauscht er?
Er sieht sich vorsichtig um und zieht dann einen Brief aus der Tasche.
Ach, er hat einen Brief bekommen!
Er erbricht ihn rasch und liest ihn im Mondenschein.
Er steckt ihn gleich wieder ein.
Wer schreibt dem Z? – –
Der Morgen kommt, und der Feldwebel erkundigt sich, ob ich etwas Verdächtiges wahrgenommen hätte. Ich sage, ich hätte gar nichts wahrgenommen und die Wachen hätten ihre Pflicht erfüllt.
Ich schweige von dem Brief, denn ich weiß es ja noch nicht, ob dieser Brief mit dem gestohlenen Photoapparat irgendwie zusammenhängt. Das muß sich noch klären und bis es nicht bewiesen wurde, will ich den Z in keinen Verdacht bringen.
Wenn man nur den Brief lesen könnte!
Als wir das Lager betreten, empfangen uns die Jungen erstaunt. Wann wir denn das Lager verlassen hätten?

»Mitten in der Nacht«, lügt der Feldwebel, »und zwar ganz aufrecht, aber von eueren Wachen hat uns keiner gehen sehen, ihr müßt schärfer aufpassen, denn bei einer solchen miserablen Bewachung tragens uns ja noch das ganze Lager weg, die Gewehre, die Fahne und alles, wofür wir da sind!«
Dann läßt er sein Regiment antreten und fragt, ob einer etwas Verdächtiges wahrgenommen hätte.
Keiner meldet sich.
Ich beobachte den Z.
Er steht regungslos da.
Was steht nur in dem Brief?
Jetzt hat er ihn in der Tasche, aber ich werde ihn lesen, ich muß ihn lesen.
Soll ich ihn direkt fragen? Das hätte keinen Sinn. Er würde es glatt ableugnen, würde den Brief dann zerreißen, verbrennen und ich könnt ihn nimmer lesen.
Vielleicht hat er ihn sogar schon vernichtet.
Und wer war der fremde Junge? Ein Junge, der um zwei Uhr nachts erscheint, eine Stunde weit weg vom Dorf? Oder wohnt er auf dem Bauernhof bei der blinden Alten? Aber auch dann: immer klarer wird es mir, daß jener zur Räuberbande gehören muß. Zum Unkraut. Ist denn der Z auch Unkraut? Ein Verbrecher?
Ich muß den Brief lesen, muß, muß!
Der Brief wird allmählich zur fixen Idee. Bumm!
Heute schießen sie zum erstenmal.
Bumm! Bumm! – –
Am Nachmittag kommt der R zu mir.
»Herr Lehrer«, sagte er, »ich bitte sehr, ich möchte in einem anderen Zelt schlafen. Die beiden, mit denen ich zusammen bin, raufen sich in einem fort, man kann kaum schlafen!«
»Wer sind denn die beiden?«

»Der N und der Z.«
»Der Z?«
»Ja. Aber anfangen tut noch immer der N!«
»Schick mir mal die beiden her!«
Er geht, und der N kommt.
»Warum raufst du immer mit dem Z?«
»Weil er mich nicht schlafen läßt. Immer weckt er mich auf. Er zündet oft mitten in der Nacht die Kerze an.«
»Warum?«
»Weil er seinen Blödsinn schreibt.«
»Er schreibt?«
»Ja.«
»Was schreibt er denn? Briefe?«
»Nein. Er schreibt sein Tagebuch.«
»Tagebuch?«
»Ja. Er ist blöd.«
»Deshalb muß man noch nicht blöd sein.«
Es trifft mich ein vernichtender Blick.
»Das Tagebuchschreiben ist der typische Ausdruck der typischen Überschätzung des eigenen Ichs«, sagt er.
»Kann schon stimmen«, antworte ich vorsichtig, denn ich kann mich momentan nicht erinnern, ob das Radio diesen Blödsinn nicht schon mal verkündet hat.
»Der Z hat sich extra ein Kästchen mitgenommen, dort sperrt er sein Tagebuch ein.«
»Schick mir mal den Z her!«
Der N geht, der Z kommt.
»Warum raufst du immer mit den N?«
»Weil er ein Plebejer ist.«
Ich stutze und muß an die reichen Plebejer denken.
»Ja«, sagt der Z, »er kann es nämlich nicht vertragen, daß man über sich nachdenkt. Da wird er wild. Ich führe nämlich ein Tagebuch und das liegt in einem Kästchen, neulich hat er es zertrümmern wollen, drum versteck ichs

jetzt immer. Am Tag im Schlafsack, in der Nacht halt ichs in der Hand.«
Ich sehe ihn an.
Und frage ihn langsam: »Und wo ist das Tagebuch, wenn du auf Wache stehst?«
Nichts rührt sich in seinem Gesicht.
»Wieder im Schlafsack«, antwortet er.
»Und in dieses Buch schreibst du alles hinein, was du so erlebst?«
»Ja.«
»Was du hörst, siehst? Alles?«
Er wird rot.
»Ja«, sagt er leise.
Soll ich ihn jetzt fragen, wer ihm den Brief schrieb und was in dem Briefe steht? Nein. Denn es steht bei mir bereits fest, daß ich das Tagebuch lesen werde.
Er geht, und ich schau ihm nach.
Er denkt über sich nach, hat er gesagt.
Ich werde seine Gedanken lesen. Das Tagebuch des Z.

Adam und Eva

Kurz nach vier marschierte das Regiment wieder ab. Sogar das »Küchenpersonal« mußte diesmal mit, denn der Feldwebel wollte es allen erklären, wie man sich in die Erde gräbt und wo die Erde am geeignetsten für Schützengräben und Unterstände ist. Seit er humpelt, erklärt er lieber.
Es blieb also niemand im Lager, nur ich.
Sobald das Regiment im Walde verschwand, betrat ich das Zelt, in welchem der Z mit N und R schlief.
Im Zelte lagen drei Schlafsäcke. Auf dem linken lag ein Brief. Nein, der war es nicht. »Herrn Otto N« stand auf

dem Kuvert, »Absender: Frau Elisabeth N« – ach, die Bäckermeistersgattin! Ich konnte nicht widerstehen, was schrieb wohl Mama ihrem Kindchen?
Sie schrieb: »Mein lieber Otto, danke Dir für Deine Postkarte. Es freut mich und Vater sehr, daß Du Dich wohl fühlst. Nur so weiter, paß nur auf Deine Strümpfe auf, damit sie nicht wieder verwechselt werden! Also in zwei Tagen werdet Ihr schon schießen? Mein Gott, wie die Zeiten vergehen! Vater läßt Dir sagen, Du sollst bei Deinem ersten Schusse an ihn denken, denn er war der beste Schütze seiner Kompanie. Denk Dir nur, Mandi ist gestern gestorben. Vorgestern hüpfte er noch so froh und munter in seinem Käfiglein herum und tirilierte uns zur Freud. Und heut war er hin. Ich weiß nicht, es grassiert eine Kanarikrankheit. Die Beinchen hat der Ärmste von sich gestreckt, ich hab ihn im Herdfeuer verbrannt. Gestern hatten wir einen herrlichen Rehrücken mit Preiselbeeren. Wir dachten an Dich. Hast Du auch gut zum Futtern? Vater läßt Dich herzlichst grüßen, Du sollst ihm nur immer weiter Bericht erstatten, ob der Lehrer nicht wieder solche Äußerungen fallen läßt wie über die Neger. Laß nur nicht locker! Vater bricht ihm das Genick! Es grüßt und küßt Dich, mein lieber Otto, Deine liebe Mutti.«
Im Schlafsack nebenan war nichts versteckt. Hier schlief also der R. Dann muß das Kästchen im dritten liegen. Dort lag es auch.
Es war ein Kästchen aus blauem Blech und hatte ein einfaches Schloß. Es war versperrt. Ich versuchte, das Schloß mit einem Draht zu öffnen.
Es ließ sich leicht.
In dem Kästchen lagen Briefe, Postkarten und ein grüngebundenes Buch – »Mein Tagebuch«, stand da in goldenen Lettern. Ich öffnete es. »Weihnachten von Deiner Mut-

ter.« Wer war die Mutter des Z? Mir scheint, eine Beamtenwitwe oder so.
Dann kamen die ersten Eintragungen, etwas von einem Christbaum – ich blätterte weiter, wir sind schon nach Ostern. Zuerst hat er jeden Tag geschrieben, dann nur jeden zweiten, dritten, dann jeden fünften, sechsten – und hier, hier liegt der Brief! Er ist es! Ein zerknülltes Kuvert, ohne Aufschrift, ohne Marke!
Rasch! Was steht nur drin?!
»Kann heute nicht kommen, komme morgen um zwei – Eva.«
Das war alles.
Wer ist Eva?
Ich weiß nur, wer Adam ist.
Adam ist der Z.
Und ich lese das Tagebuch:
»Mittwoch.
Gestern sind wir ins Lager gekommen. Wir sind alle sehr froh. Jetzt ist es Abend, bin gestern nicht zum Schreiben dazugekommen, weil wir alle sehr müde waren vom Zeltbau. Wir haben auch eine Fahne. Der Feldwebel ist ein alter Tepp, er merkts nicht, wenn wir ihn auslachen. Wir laufen schneller wie er. Den Lehrer sehen wir Gott sei Dank fast nie. Er kümmert sich auch nicht um uns. Immer geht er mit einem faden Gesicht herum. Der N ist auch ein Tepp. Jetzt schreit er schon das zweitemal, ich soll die Kerze auslöschen, aber ich tus nicht, weil ich sonst überhaupt zu keinem Tagebuch mehr komme und ich möcht doch eine Erinnerung fürs Leben. Heute Nachmittag haben wir einen großen Marsch getan, bis an die Berge. Auf dem Wege dorthin sind wir bei Felsen vorübergekommen, in denen es viele Höhlen gibt. Auf einmal kommandiert der Feldwebel, wir sollen durch das Dickicht in Schwarmlinie gegen einen markierten Feind vorgehen, der sich auf

einem Höhenzug mit schweren Maschinengewehren verschanzt hat. Wir schwärmten aus, sehr weit voneinander, aber das Dickicht wurde immer dichter und plötzlich sah ich keinen mehr rechts und keinen mehr links. Ich hatte mich verirrt und war abgeschnitten. Auf einmal stand ich wieder vor einem Felsen mit einer Höhle, ich glaube, ich bin im Kreis herumgegangen. Plötzlich stand ein Mädchen vor mir. Sie war braunblond und hatte eine rosa Bluse und es wunderte mich, woher und wieso sie überhaupt daherkommt. Sie fragte mich, wer ich wäre. Ich sagte es ihr. Zwei Buben waren noch dabei, beide barfuß und zerrissen. Der eine trug einen Laib Brot in der Hand, der andere eine Vase. Sie sahen mich feindlich an. Das Mädchen sagte ihnen, sie mögen nach Hause gehen, sie möcht mir nur den Weg zeigen heraus aus dem Dickicht. Ich war darüber sehr froh und sie begleitete mich. Ich fragte sie, wo sie wohne, und sie sagte, hinter dem Felsen. Aber auf der militärischen Karte, die ich hatte, stand dort kein Haus und überhaupt nirgends in dieser Gegend. Die Karte ist falsch, sagte sie. So kamen wir an den Rand des Dickichts und ich konnte in weiter Ferne das Zeltlager sehen. Und da blieb sie stehen und sagte zu mir, sie müsse jetzt umkehren und sie würde mir einen Kuß geben, wenn ich es niemand auf der Welt sagen würde, daß ich sie hier traf. Warum? fragte ich. Weil sie es nicht haben möchte, sagte sie. Ich sagte, geht in Ordnung, und sie gab mir einen Kuß auf die Wange. Das gilt nicht, sagte ich, ein Kuß gilt nur auf den Mund. Sie gab mir einen Kuß auf den Mund. Dabei steckte sie mir die Zunge hinein. Ich sagte, sie ist eine Sau und was sie denn mit der Zunge mache? Da lachte sie und gab mir wieder so einen Kuß. Ich stieß sie von mir. Da hob sie einen Stein auf und warf ihn nach mir. Wenn der meinen Kopf getroffen hätte, wär ich jetzt hin. Ich sagte es ihr. Sie sagte, das würde ihr nichts ausmachen.

Dann würdest du gehenkt, sagte ich. Sie sagte, das würde sie sowieso. Plötzlich wurde es mir unheimlich. Sie sagte, ich solle ganz in ihre Nähe kommen. Ich wollte nicht feig sein und kam. Da packte sie mich plötzlich und stieß mir noch einmal ihre Zunge in den Mund. Da wurde ich wütend, packte einen Ast und schlug auf sie ein. Ich traf sie auf den Rücken und die Schultern, aber nicht auf den Kopf. Sie gab keinen Ton von sich und brach zusammen. Da lag sie. Ich erschrak sehr, denn ich dachte, sie wäre vielleicht tot. Ich trat zu ihr hin und berührte sie mit dem Ast. Sie rührte sich nicht. Wenn sie tot ist, hab ich mir gedacht, laß ich sie da liegen und tue, als wär nichts passiert. Ich wollte schon weg, aber da bemerkte ich, daß sie simulierte. Sie blinzelte mir nämlich nach. Ich ging rasch wieder hin. Ja, sie war nicht tot. Ich hab nämlich schon viele Tote gesehen, die sehen ganz anders aus. Schon mit sieben Jahren hab ich einen toten Polizisten und vier tote Arbeiter gesehen, es war nämlich ein Streik. Na wart, dachte ich, du willst mich da nur erschrecken, aber du springst schon auf – ich erfaßte vorsichtig unten ihren Rock und riß ihn plötzlich hoch. Sie hatte keine Hosen an. Sie rührte sich aber noch immer nicht und mir wurde es ganz anders. Aber plötzlich sprang sie auf und riß mich wild zu sich herab. Ich kenne das schon. Wir liebten uns. Gleich daneben war ein riesiger Ameisenhaufen. Und dann versprach ich ihr, daß ich es niemand sagen werde, daß ich sie getroffen hab. Sie ist weggelaufen und ich hab ganz vergessen zu fragen, wie sie heißt.
Donnerstag.
Wir haben Wachen aufgestellt wegen der Räuberbanden. Der N schreit schon wieder, ich soll die Kerze auslöschen. Wenn er noch einmal schreit, dann hau ich ihm eine herunter. – Jetzt hab ich ihm eine heruntergehaut. Er hat

nicht zurückgehaut. Der blöde R hat geschrien, als hätt er es bekommen, der Feigling! Ich ärger mich nur, daß ich mit dem Mädel nichts ausgemacht hab. Ich hätte sie gerne wiedergesehen und mit ihr gesprochen. Ich fühlte sie heute Vormittag unter mir, wie der Feldwebel ›Auf!‹ und ›Nieder!‹ kommandiert hat. Ich muß immer an sie denken. Nur ihre Zunge mag ich nicht. Aber sie sagte, das sei Gewöhnung. Wie beim Autofahren das rasche Fahren. Was ist doch das Liebesgefühl für ein Gefühl! Ich glaube, so ähnlich muß es sein, wenn man fliegt. Aber fliegen ist sicher noch schöner. Ich weiß es nicht, ich möcht, daß sie jetzt neben mir liegt. Wenn sie nur da wär, ich bin so allein. Von mir aus soll sie mir auch die Zunge in den Mund stecken.
Freitag.
Übermorgen werden wir schießen, endlich! Heute Nachmittag hab ich mit dem N gerauft, ich bring ihn noch um. Der R hat dabei was abbekommen, was stellt sich der Idiot in den Weg! Aber das geht mich alles nichts mehr an, ich denke nur immer an sie und heute noch stärker. Denn heute Nacht ist sie gekommen. Plötzlich, wie ich auf der Wache gestanden bin. Zuerst bin ich erschrocken, dann hab ich mich riesig gefreut und hab mich geschämt, daß ich erschrocken bin. Sie hats nicht bemerkt, Gott sei Dank! Sie hat so wunderbar gerochen, nach einem Parfum. Ich fragte sie, woher sie es her habe? Sie sagte, aus der Drogerie im Dorf. Das muß teuer gewesen sein, sagte ich. Oh nein, sagte sie, es kostete nichts. Dann umarmte sie mich wieder und wir waren zusammen. Dabei fragte sie mich, was tun wir jetzt? Ich sagte, wir lieben uns. Ob wir uns noch oft lieben werden, fragte sie. Ja, sagte ich, noch sehr oft. Ob sie nicht ein verdorbenes Mädchen wäre? Nein, wie könne sie sowas sagen! Weil sie mit mir in der Nacht herumliegt. Kein Mädchen ist heilig, sagte

ich. Plötzlich sah ich eine Träne auf ihrer Wange, der Mond schien ihr ins Gesicht. Warum weinst du? Und sie sagte, weil alles so finster ist. Was denn? Und sie fragte mich, ob ich sie auch lieben würde, wenn sie eine verlorene Seele wär? Was ist das? Und sie sagte mir, sie hätte keine Eltern und wär mit zwölf Jahren eine Haustochter geworden, aber der Herr wär ihr immer nachgestiegen, sie hätte sich gewehrt und da hätte sie mal Geld gestohlen, um weglaufen zu können, weil sie die Frau immer geohrfeigt hätt wegen des Herrn, und da wär sie in eine Besserungsanstalt gekommen, aber von dort wär sie ausgebrochen und jetzt wohne sie in einer Höhle und würde alles stehlen, was ihr begegnet. Vier Jungen aus dem Dorf, die nicht mehr Puppen malen wollten, wären auch dabei, sie wär aber die älteste und die Anführerin. Aber ich dürfe es niemand sagen, daß sie so eine sei, denn dann käme sie wieder in die Besserungsanstalt. Und sie tat mir furchtbar leid und ich fühlte plötzlich, daß ich eine Seele habe. Und ich sagte es ihr und sie sagte mir, ja, jetzt fühle sie es auch, daß sie eine Seele habe. Ich dürfe sie aber nicht mißverstehen, wenn jetzt, während sie bei mir ist, im Lager etwas gestohlen wird. Ich sagte, ich würde sie nie mißverstehen, nur mir dürfe sie nichts stehlen, denn wir gehörten zusammen. Dann mußten wir uns trennen, denn nun wurde ich bald abgelöst. Morgen treffen wir uns wieder. Ich weiß jetzt, wie sie heißt. Eva.
Samstag.
Heute war große Aufregung, denn dem G wurde sein Photo gestohlen. Schadet nichts! Sein Vater hat drei Fabriken und die arme Eva muß in einer Höhle wohnen. Was wird sie machen, wenn Winter ist? Der N schreit schon wieder wegen dem Licht. Ich werd ihn noch erschlagen.
Ich kann die Nacht kaum erwarten bis sie kommt! Ich möcht mit ihr in einem Zelt leben, aber ohne Lager, ganz

allein! Nur mit ihr! Das Lager freut mich nicht mehr. Es ist alles nichts.
Oh Eva, ich werde immer für dich da sein! Du kommst in keine Besserungsanstalt mehr, in keine mehr, das schwör ich dir zu! Ich werde dich immer beschützen! Der N schreit, er wird mein Kästchen zertrümmern, morgen, er soll es nur wagen! Denn hier sind meine innersten Geheimnisse drinnen, die niemand was angehen. Jeder, der mein Kästchen anrührt, stirbt!«

Verurteilt

»Jeder, der mein Kästchen anrührt, stirbt!«
Ich lese den Satz zweimal und muß lächeln.
Kinderei!
Und ich will an das denken, was ich las, aber ich komme nicht dazu. Vom Waldrand her tönt die Trompete, ich muß mich beeilen, das Regiment naht. Rasch tu ich das Tagebuch wieder ins Kästchen und will es versperren. Ich drehe den Draht hin und her. Umsonst! Es läßt sich nicht mehr schließen, ich hab das Schloß verdorben – was tun?
Sie werden gleich da sein, die Jungen. Ich verstecke das offene Kästchen im Schlafsack und verlasse das Zelt. Es blieb mir nichts anderes übrig. Jetzt kommt das Regiment daher.
In der vierten Reihe marschiert der Z.
Du hast also ein Mädel und das nennt sich Eva. Und du weißt es, daß deine Liebe stiehlt. Aber du schwörst trotzdem, sie immer zu beschützen.
Ich muß wieder lächeln. Kinderei, elende Kinderei!
Jetzt hält das Regiment und tritt ab.
Jetzt kenne ich deine »innersten Geheimnisse«, denke ich, aber plötzlich kann ich nicht mehr lächeln. Denn ich sehe

den Staatsanwalt. Er blättert in seinen Akten. Die Anklage lautet auf Diebstahl und Begünstigung. Nicht nur Eva, auch Adam hat sich zu verantworten. Man müßte den Z sofort verhaften.
Ich will es dem Feldwebel sagen und die Gendarmerie verständigen. Oder soll ich zuerst allein mit dem Z reden?
Nun steht er drüben bei den Kochtöpfen und erkundigt sich, was er zum Essen bekommen wird. Er wird von der Schule fliegen, und das Mädel kommt zurück in die Besserungsanstalt.
Beide werden eingesperrt.
Adieu Zukunft, lieber Z!
Es sind schon größere Herren über die Liebe gestolpert, über die Liebe, die auch naturnotwendig ist, und also ebenfalls gottgewollt.
Und ich höre wieder den Pfaffen:
»Das Schrecklichste auf der Welt ist Gott.«
Und ich höre einen wüsten Lärm, Geschrei und Gepolter. Alles stürzt zu einem Zelt.
Es ist das Zelt mit dem Kästchen. Der Z und der N raufen, man kann sie kaum trennen.
Der N ist rot, er blutet aus dem Mund.
Der Z ist weiß.
»Der N hat sein Kästchen erbrochen!« ruft mir der Feldwebel zu.
»Nein!« schreit der N. »Ich habs nicht getan, ich nicht!«
»Wer denn sonst?!« schreit der Z. »Sagen Sies selber, Herr Lehrer, wer könnt es denn sonst schon getan haben?!«
»Lüge, Lüge!«
»Er hat es erbrochen und sonst niemand! Er hats mir ja schon angedroht, daß er es mir zertrümmern wird!«
»Aber ich habs nicht getan!«
»Ruhe!« brüllt plötzlich der Feldwebel.
Es wird still.

Der Z läßt den N nicht aus den Augen.
Jeder, der sein Kästchen anrührt, stirbt, geht es mir plötzlich durch den Sinn. Unwillkürlich blick ich empor.
Aber der Himmel ist sanft.
Ich fühle, der Z könnte den N umbringen.
Auch der N scheint es zu spüren. Er wendet sich kleinlaut an mich.
»Herr Lehrer, ich möcht in einem anderen Zelt schlafen.«
»Gut.«
»Ich habs wirklich nicht gelesen, sein Tagebuch. Helfen Sie mir, Herr Lehrer!«
»Ich werde dir helfen.«
Jetzt sieht mich der Z an. Du kannst nicht helfen, liegt in seinem Blick.
Ich weiß, ich habe den N verurteilt.
Aber ich wollt es doch nur wissen, ob der Z mit den Räubern ging, und ich wollt ihn doch nicht leichtfertig in einen Verdacht bringen, drum hab ich das Kästchen erbrochen.
Warum sag ichs nur nicht, daß ich es bin, der das Tagebuch las?
Nein, nicht jetzt! Nicht hier vor allen! Aber ich werde es sagen. Sicher! Nur nicht vor allen, ich schäme mich! Allein werd ichs ihm sagen. Von Mann zu Mann! Und ich will auch mit dem Mädel reden, heut nacht, wenn er sie trifft. Ich werde ihr sagen, sie soll sich nur ja nimmer blicken lassen, und diesem dummen Z werde ich ordentlich seinen Kopf waschen – dabei solls dann bleiben! Schluß!
Wie ein Raubvogel zieht die Schuld ihre Kreise. Sie packt uns rasch.
Aber ich werde den N freisprechen.
Er hat ja auch nichts getan.
Und ich werde den Z begnadigen. Und auch das Mädel.
Ich lasse mich nicht unschuldig verurteilen!

Ja, Gott ist schrecklich, aber ich will ihm einen Strich durch die Rechnung machen. Mit meinem freien Willen.
Einen dicken Strich.
Ich werde uns alle retten.
Und wie ich so überlege, fühle ich, daß mich wer anstarrt.
Es ist der T.
Zwei helle runde Augen schauen mich an. Ohne Schimmer, ohne Glanz.
Der Fisch! durchzuckt es mich.
Er sieht mich noch immer an, genau wie damals beim Begräbnis des kleinen W.
Er lächelt leise, überlegen, spöttisch. Seltsam starr.
Weiß er, daß ich es bin, der das Kästchen erbrach?

Der Mann im Mond

Der Tag wurd mir lang. Endlich sank die Sonne.
Der Abend kam und ich wartete auf die Nacht. Die Nacht kam und ich schlich mich aus dem Lager. Der Feldwebel schnarchte bereits, es hat mich keiner gesehen. Zwar hing noch der Vollmond über dem Lager, aber aus dem Westen zogen die Wolken in finsteren Fetzen vorbei. Immer wieder wurde es stockdunkel und immer länger währte es, bis das silberne Licht wieder kam.
Dort, wo der Wald fast die Zelte berührt, dort wird er wachen, der Z. Dort saß ich nun hinter einem Baum. Ich sah ihn genau, den Posten. Es war der G.
Er ging etwas auf und ab.
Droben rasten die Wolken, unten schien alles zu schlafen.
Droben tobte ein Orkan, unten rührte sich nichts.
Nur ab und zu knackte ein Ast.
Dann hielt der G und starrte in den Wald.

Ich sah ihm in die Augen, aber er konnte mich nicht sehen.
Hat er Angst?
Im Wald ist immer was los, besonders in der Nacht.
Die Zeit verging.
Jetzt kommt der Z.
Er grüßt den G und der geht.
Der Z bleibt allein.
Er sieht sich vorsichtig um und blickt dann zum Mond empor.
Es gibt einen Mann im Mond, fällt es mir plötzlich ein, der sitzt auf der Sichel, raucht seine Pfeife und kümmert sich um nichts. Nur manchmal spuckt er auf uns herab. Vielleicht hat er recht.
Er wird schon wissen, was er tut. – –
Um zirka halb drei erschien endlich das Mädel, und zwar derart lautlos, daß ich sie erst bemerkte, als sie bereits bei ihm stand. Wo kam sie her?
Sie war einfach da.
Jetzt umarmt sie ihn und er umarmt sie.
Sie küssen sich.
Das Mädel steht mit dem Rücken zu mir und ich kann ihn nicht sehen. Sie muß größer sein als er –
Jetzt werde ich hingehen und mit den beiden sprechen. Ich erhebe mich vorsichtig, damit sie mich nicht hören. Denn sonst läuft mir das Mädel weg.
Und ich will doch auch mit ihr reden.
Sie küssen sich noch immer.
Es ist Unkraut und gehört vertilgt, geht es mir plötzlich durch den Sinn.
Ich sehe eine blinde Alte, die stolpert und stürzt.
Und immer muß ich an das Mädel denken, wie sie sich reckt und über die Hecke schaut.
Sie muß einen schönen Rücken haben.

Ihre Augen möchte ich sehen –
Da kommt eine Wolke und alles wird finster.
Sie ist nicht groß, die Wolke, denn sie hat einen silbernen Rand. Wie der Mond wieder scheint, gehe ich hin. Jetzt scheint er wieder, der Mond.
Das Mädel ist nackt.
Er kniet vor ihr.
Sie ist sehr weiß.
Ich warte.
Sie gefällt mir immer mehr.
Geh hin! Sag, daß du das Kästchen erbrochen hast! Du, nicht der N! Geh hin, geh!
Ich gehe nicht hin.
Jetzt sitzt er auf einem Baumstamm und sie sitzt auf seinen Knien.
Sie hat herrliche Beine.
Geh hin!
Ja, sofort –
Und es kommen neue Wolken, schwärzere, größere. Sie haben keine silbernen Ränder und decken die Erde zu. Der Himmel ist weg, ich sehe nichts mehr.
Ich lausche, aber es gehen nur Schritte durch den Wald.
Ich halte den Atem an.
Wer geht?
Oder ist es nur der Sturm von droben?
Ich kann mich selber nicht mehr sehen.
Wo seid ihr, Adam und Eva?
Im Schweiße eueres Angesichtes solltet ihr euer Brot verdienen, aber es fällt euch nicht ein. Eva stiehlt einen photographischen Apparat und Adam drückt beide Augen zu, statt zu wachen – –.
Ich werd es ihm morgen sagen, diesem Z, morgen in aller Frühe, daß ich es war, der sein Kästchen erbrach. Morgen laß ich mich durch nichts mehr hindern!

Und wenn mir der liebe Gott tausend nackte Mädchen schickt! –
Immer stärker wird die Nacht.
Sie hält mich fest, finster und still.
Jetzt will ich zurück.
Vorsichtig taste ich vor –
Mit der vorgestreckten Hand berühre ich einen Baum. Ich weiche ihm aus.
Ich taste weiter – da, ich zucke entsetzt zurück!
Was war das?!
Mein Herz steht still.
Ich möchte rufen, laut, laut – aber ich beherrsche mich.
Was war das?!
Nein, das war kein Baum!
Mit der vorgestreckten Hand faßte ich in ein Gesicht.
Ich zittere.
Wer steht da vor mir?
Ich wage nicht mehr, weiterzugehen.
Wer ist das?!
Oder habe ich mich getäuscht?
Nein, ich hab es zu deutlich gefühlt: die Nase, die Lippen –
Ich setze mich auf die Erde.
Ist das Gesicht noch dort drüben?
Warte, bis das Licht kommt!
Rühre dich nicht! –
Über den Wolken raucht der Mann im Mond.
Es regnet leise.
Spuck mich nur an, Mann im Mond!

Der vorletzte Tag

Endlich wird es grau, der Morgen ist da.
Es ist niemand vor mir, kein Gesicht und nichts.
Ich schleiche mich wieder ins Lager zurück. Der Feldwebel liegt auf dem Rücken mit offenem Mund. Der Regen klopft an die Wand. Erst jetzt bin ich müde.
Schlafen, schlafen –
Als ich erwache, ist das Regiment bereits fort. Ich werde es dem Z sagen, daß ich es war und nicht der N, sowie er zurückkommt.
Es ist der vorletzte Tag.
Morgen brechen wir unsere Zelte ab und fahren in die Stadt zurück.
Es regnet in Strömen, nur manchmal hört es auf. In den Tälern liegen dicke Nebel. Wir sollten die Berge nimmer sehen.
Mittags kommt das Regiment zurück, aber nicht komplett.
Der N fehlt.
Er dürfte sich verlaufen haben, meint der Feldwebel, und er würde uns schon finden.
Ich muß an die Höhlen denken, die im Tagebuch des Z stehen, und werde unsicher.
Ist es Angst?
Jetzt muß ichs ihm aber sogleich sagen, es wird allmählich Zeit!
Der Z sitzt in seinem Zelte und schreibt. Er ist allein. Als er mich kommen sieht, klappt er rasch sein Tagebuch zu und blickt mich mißtrauisch an.
»Ach, wir schreiben wieder unser Tagebuch«, sage ich und versuche zu lächeln. Er schweigt und blickt mich nur an.
Da sehe ich, daß seine Hände zerkratzt sind.

Er bemerkt, daß ich die Kratzer beobachte, zuckt etwas zusammen und steckt die Hände in die Taschen.
»Frierts dich?« frage ich und lasse ihn nicht aus den Augen.
Er schweigt noch immer, nickt nur ja und ein spöttisches Lächeln huscht über sein Gesicht.
»Hör mal«, beginne ich langsam, »du meinst, daß der N dein Kästchen erbrochen hat –«
»Ich meine es nicht nur«, fällt er mir plötzlich fest ins Wort, »sondern er hats auch getan.«
»Woher willst du denn das wissen?«
»Er selbst hat es mir gesagt.«
Ich starre ihn an. Er selbst hat es gesagt? Aber das ist doch unmöglich, er hat es doch gar nicht getan!
Der Z blickt mich forschend an, doch nur einen Augenblick lang. Dann fährt er fort: »Er hats mir heute vormittag gestanden, daß er das Kästchen geöffnet hat. Mit einem Draht, aber dann konnt er es nicht wieder schließen, denn er hat das Schloß ruiniert.«
»Und?«
»Und er hat mich um Verzeihung gebeten und ich habe ihm verziehen.«
»Verziehen?«
»Ja.«
Er blickt gleichgültig vor sich hin. Ich kenne mich nicht mehr aus und es fällt mir ein: »Jeder, der mein Kästchen anrührt, stirbt!«
Unsinn, Unsinn!
»Weißt du, wo der N jetzt steckt?« frage ich plötzlich.
Er bleibt ganz ruhig.
»Woher soll ich das wissen? Sicher hat er sich verirrt. Ich hab mich auch schon mal verirrt« – er erhebt sich und es macht den Eindruck, als würde er nicht mehr weiterreden wollen. Da bemerke ich, daß sein Rock zerrissen ist.

Soll ich es ihm sagen, daß er lügt? Daß der N es ihm niemals gestanden haben konnte, denn ich, ich habe doch sein Tagebuch gelesen –
Aber warum lügt der Z?
Nein, ich darf gar nicht daran denken! –
Warum sagte ich es ihm nur nicht sofort, gleich gestern, als er den N verprügelte! Weil ich mich schämte, vor meinen Herren Schülern zu gestehen, daß ich heimlich mit einem Draht ein Kästchen erbrochen hab, obwohl dies in bester Absicht geschehen ist – verständlich, verständlich! Aber warum verschlief ich nur heute früh?! Richtig, ich saß ja in der Nacht im Wald und machte das Maul nicht auf! Und jetzt, jetzt dürfte es wenig nützen, wenn ich es aufmachen würde. Es ist zu spät.
Richtig, auch ich bin schuld.
Auch ich bin der Stein, über den er stolperte, die Grube, in die er fiel, der Felsen, von dem er hinunterstürzte – Warum hat mich heut früh nur niemand geweckt?!
Ich wollte mich nicht unschuldig verurteilen lassen und schlief, statt mich zu verteidigen. Mit meinem freien Willen wollte ich einen dicken Strich durch eine Rechnung machen, aber die Rechnung war bereits längst bezahlt.
Ich wollte uns alle retten, aber wir waren bereits ertrunken. In dem ewigen Meer der Schuld.
Doch wer ist denn schuld, daß das Schloß verdarb. Daß es sich nicht mehr zusperren ließ?
Egal ob offen oder zu, ich hätte es sagen müssen!
Die Pfade der Schuld berühren sich, kreuzen, verwickeln sich. Ein Labyrinth. Ein Irrgarten – mit Zerrspiegeln.
Jahrmarkt, Jahrmarkt!
Hereinspaziert, meine Herrschaften!
Zahlt Buße und Strafe für die Schuld eueres Daseins! Nur keine Angst, es ist zu spät! – –
Am Nachmittag zogen wir alle aus, um den N zu finden.

Wir durchsuchten das ganze Gebiet, riefen »N!« und wieder »N!«, aber es kam keine Antwort. Ich erwartete auch keine.
Es dämmerte bereits, als wir zurückkehrten. Durchnäßt, durchfroren. Die Suche verlief ergebnislos.
»Wenn das so weiterregnet«, flucht der Feldwebel, »gibts noch die schönste Sündflut!«
Und es fiel mir wieder ein: als es aufhörte zu regnen und die Wasser der Sündflut wichen, sprach der Herr: »Ich will hinfort nicht mehr die Erde bestrafen um der Menschen willen.«
Und wieder frage ich mich: hat der Herr sein Versprechen gehalten?
Es regnet immer stärker.
»Wir müssens der Gendarmerie melden«, sagt der Feldwebel, »daß der N abgängig ist.«
»Morgen.«
»Ich versteh Sie nicht, Herr Lehrer, daß Sie so ruhig sind.«
»Ich denke, er wird sich verirrt haben, man verirrt sich ja leicht, und vielleicht übernachtet er auf irgendeinem Bauernhof.«
»In der Gegend dort gibts keine Höfe, nur Höhlen.«
Ich horche auf. Das Wort versetzt mir wieder einen Schlag.
»Wollen es hoffen«, fährt der Feldwebel fort, »daß er in einer Höhle sitzt und daß er sich nichts gebrochen hat.«
Ja, wollen wir hoffen. –
Plötzlich frage ich den Feldwebel: »Warum haben Sie mich heut früh nicht geweckt?«
»Nicht geweckt?« Er lacht. »Ich hab Sie in einer Tour geweckt, aber Sie sind ja dagelegen, als hätt Sie der Teufel geholt!«
Richtig. Gott ist der Schrecklichste auf der Welt.

Der letzte Tag

Am letzten Tag unseres Lagerlebens kam Gott.
Ich erwartete ihn bereits.
Der Feldwebel und die Jungen zerlegten gerade die Zelte, als er kam.
Sein Erscheinen war furchtbar. Dem Feldwebel wurde es übel und er mußte sich setzen. Die Jungen standen entsetzt herum, halb gelähmt. Erst allmählich bewegten sie sich wieder, und zwar immer aufgeregter.
Nur der Z bewegte sich kaum.
Er starrte zu Boden und ging auf und ab. Doch nur ein paar Meter. Immer hin und her.
Dann schrie alles durcheinander, so schien es mir.
Nur der Z blieb stumm.
Was war geschehen?
Zwei Waldarbeiter waren im Lager erschienen, zwei Holzfäller mit Rucksack, Säge und Axt. Sie berichteten, daß sie einen Jungen gefunden hätten. Sie hatten seinen Schulausweis bei sich.
Es war der N.
Er lag in der Nähe der Höhlen, in einem Graben, unweit der Lichtung. Mit einer klaffenden Kopfwunde. Ein Stein mußte ihn getroffen haben oder ein Schlag mit irgendeinem stumpfen Gegenstande.
Auf alle Fälle war er hin. Tot und tot.
Man hat ihn erschlagen, sagten die Waldarbeiter.
Ich stieg mit den Waldarbeitern ins Dorf hinab. Zur Gendarmerie. Wir liefen fast. Gott blieb zurück.
Die Gendarmen telephonierten mit dem Staatsanwalt in der nächsten Stadt und ich telegraphierte meinem Direktor. Die Mordkommission erschien und begab sich an den Ort der Tat.
Dort lag der N im Graben.

Er lag auf dem Bauche.
Jetzt wurde er photographiert.
Die Herren suchten die nähere Umgebung ab. Peinlich genau. Sie suchten das Mordinstrument und irgendwelche Spuren.
Sie fanden, daß der N nicht in jenem Graben erschlagen wurde, sondern ungefähr zwanzig Meter entfernt davon. Man sah deutlich die Spur, wie er in den Graben geschleift worden war, damit ihn niemand finde.
Und sie fanden auch das Mordinstrument. Einen blutbefleckten spitzigen Stein. Auch einen Bleistift fanden sie, und einen Kompaß.
Der Arzt konstatierte, daß der Stein mit großer Wucht aus nächster Nähe den Kopf des N getroffen haben mußte. Und zwar meuchlings, von rückwärts.
Befand sich der N auf der Flucht?
Der Untat mußte nämlich ein heftiger Kampf vorangegangen sein, denn sein Rock war zerrissen. Und seine Hände zerkratzt. –
Als die Mordkommission das Lager betrat, erblickte ich sogleich den Z. Er saß etwas abseits. Auch sein Rock ist zerrissen, ging es mir durch den Sinn, und auch seine Hände sind zerkratzt.
Aber ich werde mich hüten, davon zu reden! Mein Rock hat zwar keinen Riß und meine Hände sind ohne Kratzer, aber trotzdem bin auch ich daran schuld! –
Die Herren verhörten uns. Wir wußten alle nichts über den Hergang des Verbrechens. Auch ich nicht. Und auch der Z nicht.
Als der Staatsanwalt mich fragte: »Haben Sie keinen Verdacht?« – da sah ich wieder Gott. Er trat aus dem Zelte, wo der Z schlief, und hatte das Tagebuch in der Hand.
Jetzt sprach er mit dem R und ließ den Z nicht aus den Augen.

Der kleine R schien Gott nicht zu sehen, nur zu hören. Immer größer wurden seine Augen, als blickte er plötzlich in neues Land.
Da höre ich wieder den Staatsanwalt: »So reden Sie doch! Haben Sie keinen Verdacht?«
»Nein.«
»Herr Staatsanwalt«, schreit plötzlich der R und drängt sich vor, »der Z und der N haben sich immer gerauft! Der N hat nämlich das Tagebuch des Z gelesen und deshalb war ihm der Z todfeind – er führt nämlich ein Tagebuch, es liegt in einem Kästchen aus blauem Blech!«
Alle blicken auf den Z.
Der steht mit gesenktem Haupt. Man kann sein Gesicht nicht sehen. Ist es weiß oder rot? Langsam tritt er vor. Er hält vor dem Staatsanwalt.
Es wird sehr still.
»Ja«, sagt er leise, »ich habs getan.«
Er weint.
Ich werfe einen Blick auf Gott.
Er lächelt.
Warum?
Und wie ich mich so frage, sehe ich ihn nicht mehr. Er ist wieder fort.

Die Mitarbeiter

Morgen beginnt der Prozeß.
Ich sitze auf der Terrasse eines Cafés und lese die Zeitungen. Der Abend ist kühl, denn es ist Herbst geworden.
Schon seit vielen Tagen berichten die Zeitungen über die kommende Sensation. Einzelne unter der Überschrift Mordprozeß Z, andere unter Mordprozeß N. Sie bringen Betrachtungen, Skizzen, graben alte Kriminalfälle mit Ju-

gendlichen im Mittelpunkt aus, sprechen über die Jugend überhaupt und an sich, prophezeien und kommen vom Hundertsten ins Tausendste, finden aber dennoch immer irgendwie zurück zum Ermordeten N und seinem Mörder Z. Heute früh erschien ein Mitarbeiter bei mir und interviewte mich. Im Abendblatt muß es schon drinnen sein. Ich suche das Blatt. Er hat mich sogar photographiert.
Ja, das ist mein Bild! Hm, ich hätt mich kaum wiedererkannt. Eigentlich ganz nett. Und unter dem Bilde steht: »Was sagt der Lehrer?«
Nun, was sage ich?
»Einer unserer Mitarbeiter besuchte heute vormittag im städtischen Gymnasium jenen Lehrer, der seinerzeit im Frühjahr die oberste Aufsicht über jenes Zeltlager innehatte, allwo sich die verhängnisvolle Tragödie unter Jugendlichen abrollen sollte. Der Lehrer sagte, er stehe vor einem Rätsel, und zwar nach wie vor. Der Z sei immer ein aufgeweckter Schüler gewesen und ihm, dem Lehrer, wären niemals irgendwelche charakterlichen Anomalitäten, geschweige denn Defekte oder verbrecherische Instinkte aufgefallen. Unser Mitarbeiter legte dem Lehrer die folgenschwere Frage vor, ob diese Untat ihre Wurzel etwa in einer gewissen Verrohung der Jugend hätte, was jedoch der Lehrer strikt bestritt. Die heutige Jugend, meinte er, sei keineswegs verroht, sie sei vielmehr, dank der allgemeinen Gesundung, äußerst pflichtbewußt, aufopferungsfreudig und absolut national. Dieser Mord sei ein tiefbedauerlicher Einzelfall, ein Rückfall in schlimmste liberalistische Zeiten. Jetzt läutet die Schulglocke, die Pause ist aus, und der Lehrer empfiehlt sich. Er schreitet in die Klasse, um junge aufgeschlossene Seelen zu wertvollen Volksgenossen auszubilden. Gottlob ist der Fall Z nur ein Ausnahmefall, der ausnahmsweise Durchbruch eines verbrecherischen Individualismus!«

Hinter meinem Interview folgt eines mit dem Feldwebel. Auch sein Bild ist in der Zeitung, aber so hat er mal ausgesehen, vor dreißig Jahren. Ein eitler Knopf.
Nun, was sagt der Feldwebel?
»Unser Mitarbeiter besuchte auch den seinerzeitigen militärischen Ausbildungsleiter. Der militärische Ausbildungsleiter, kurz MA genannt, empfing unseren Mitarbeiter mit ausgesuchter Höflichkeit, doch in der strammen Haltung des alten, immer noch frischen Haudegens. Seiner Ansicht nach entspringt die Tat einem Mangel an Disziplin. Eingehend äußerte er sich über den Zustand des Leichnams des Ermordeten, anläßlich dessen Auffindung. Er hatte den ganzen Weltkrieg mitgemacht, jedoch niemals eine derart grauenhafte Wunde gesehen. ›Als alter Soldat bin ich für den Frieden‹, schloß sein aufschlußreiches Gespräch.«
»Unser Mitarbeiter besuchte auch die Präsidentin des Verbandes gegen die Kinderverwahrlosung, die Frau Rauchfangkehrermeister K. Die Präsidentin bedauert den Fall aus tiefstem Inneren heraus. Sie kann schon seit Tagen nicht mehr schlafen, visionäre Träume quälen die verdienstvolle Frau. Ihrer Meinung nach wäre es höchste Zeit, daß die maßgebenden Faktoren endlich bessere Besserungsanstalten bauten, angesichts der sozialen Not.«
Ich blättere weiter. Ach, wer ist denn das? Richtig, das ist ja der Bäckermeister N, der Vater des Toten! Und auch seine Gattin ist abgebildet, Frau Elisabeth N, geborene S.
»Ihre Frage«, sagt der Bäckermeister zum Mitarbeiter, »will ich gerne beantworten. Das unbestechliche Gericht wird es herauszufinden haben, ob unser ärmster Otto nicht doch nur das Opfer eines sträflichen Leichtsinns der Aufsichtsstelle geworden ist, ich denke jetzt ausschließlich an den Lehrer und keineswegs an den MA. Justitia fundamentum regnorum. Überhaupt müßte eine richtige

Durchsiebung des Lehrpersonals erfolgen, es wimmelt noch vor lauter getarnten Staatsfeinden. Bei Philippi sehen wir uns wieder!«
Und die Frau Bäckermeister meint: »Ottochen war meine Sonne. Jetzt hab ich halt nur mehr meinen Gatten. Aber Ottochen und ich, wir stehen immer in einem geistigen Kontakt. Ich bin in einem spiritistischen Zirkel.«
Ich lese weiter.
In einer anderen Zeitung steht: »Die Mutter des Mörders wohnt in einer Dreizimmerwohnung. Sie ist die Witwe des Universitätsprofessors Z, der vor zirka zehn Jahren starb. Professor Z war ein angesehener Physiologe. Seine Studien über die Reaktion der Nerven anläßlich von Amputationen erregten nicht nur in Fachkreisen Aufsehen. Vor zirka zwanzig Jahren bildete er einige Zeit hindurch das Hauptangriffsziel des Vereins gegen Vivisektion. Frau Professor Z verweigert uns leider jede Aussage. Sie sagt nur: ›Meine Herren, können Sie es sich denn nicht denken, was ich durchzumachen habe?‹ Sie ist eine mittelgroße Dame. Sie trug Trauer.« Und in einer anderen Zeitung entdeckte ich den Verteidiger des Angeklagten. Er hat auch mit mir schon dreimal gesprochen und scheint Feuer und Flamme für den Fall zu sein. Ein junger Anwalt, der weiß, was für ihn auf dem Spiele steht.
Alle Mitarbeiter blicken auf ihn.
Es ist ein langes Interview.
»In diesem sensationellen Mordprozeß, meine Herren«, beginnt der Verteidiger sein Interview, »befindet sich die Verteidigung in einer prekären Situation. Sie hat nämlich ihre Klinge nicht nur gegen die Staatsanwaltschaft, sondern auch gegen den Angeklagten, den sie ja verteidigen muß, zu führen.«
»Wieso?«
»Der Angeklagte, meine Herren, bekennt sich eines Ver-

brechens wider die Person schuldig. Es ist Totschlag und nicht Mord, wie ich ganz besonders zu vermerken bitte. Aber trotz des Geständnisses des jugendlichen Angeklagten bin ich felsenfest davon überzeugt, daß er nicht der Täter ist. Meiner Überzeugung nach deckt er jemanden.«
»Sie wollen doch nicht behaupten, Herr Doktor, daß jemand anderer die Tat beging?«
»Doch meine Herren, das will ich sogar sehr behaupten! Abgesehen davon, daß mir dies auch ein undefinierbares Gefühl sagt, gewissermaßen der Jagdinstinkt des Kriminalisten, habe ich auch bestimmte Gründe für meine Behauptung. Er war es nicht! Überlegen Sie sich doch mal die Motive der Tat! Er erschlägt seinen Mitschüler, weil dieser sein Tagebuch las. Aber was stand denn in dem Tagebuch? Doch hauptsächlich die Affäre mit jenem verkommenen Mädchen. Er schützt das Mädchen und verkündet unüberlegt: ›Jeder, der mein Tagebuch anrührt, stirbt!‹ – gewiß, gewiß! Es spricht alles gegen ihn und doch auch wieder nicht alles. Abgesehen davon, daß die ganze Art und Weise seines Geständnisses einer ritterlichen Haltung nicht ganz entbehrt, ist es denn nicht auffallend, daß er über den eigentlichen Totschlag nicht spricht? Kein Wörtchen über den Hergang der Tat! Warum erzählt er sie uns nicht? Er sagt, er erinnere sich nicht mehr. Falsch! Er könnte sich nämlich gar nicht erinnern, denn er weiß es ja nicht, wie, wo und wann sein bedauernswerter Mitschüler erschlagen wurde. Er weiß nur, es geschah mit einem Stein. Man zeigt ihm Steine, er kann sich nicht mehr erinnern. Meine Herren, er deckt die Tat eines anderen!«
»Aber der zerrissene Rock und die Kratzer an den Händen?«
»Gewiß, er hat den N auf einem Felsen getroffen und hat mit ihm gerauft, das erzählt er uns ja auch mit allen Einzelheiten. Aber daß er ihm dann nachgeschlichen ist

und hinterrücks mit einem Stein – nein-nein! Den N erschlug ein anderer, oder vielmehr: eine andere!« »Sie meinen jenes Mädchen?«
»Jawohl, die meine ich! Sie beherrschte ihn, sie beherrscht ihn noch immer. Er ist ihr hörig. Meine Herren, wir werden auch die Psychiater vernehmen!«
»Ist das Mädchen als Zeugin geladen?«
»Natürlich! Sie wurde kurz nach dem Morde in einer Höhle verhaftet und ist bereits längst abgeurteilt, samt ihrer Bande. Wir werden Eva sehen und hören, vielleicht schon morgen.«
»Wie lange wird der Prozeß dauern?«
»Ich rechne mit zwei bis drei Tagen. Es sind zwar nicht viele Zeugen geladen, aber, wie gesagt, ich werde mit dem Angeklagten scharf kämpfen müssen. Hart auf hart! Ich fechte es durch! Er wird wegen Diebstahlsbegünstigung verurteilt werden – das ist alles!«
Ja, das ist alles.
Von Gott spricht keiner.

Mordprozeß Z oder N

Vor dem Justizpalast standen dreihundert Menschen. Sie wollten alle hinein, doch das Tor war zu, denn die Einlaßkarten waren bereits seit Wochen vergeben. Meist durch Protektion, aber nun wurde streng kontrolliert.
In den Korridoren kam man kaum durch.
Alle wollten den Z sehen.
Besonders die Damenwelt.
Vernachlässigt und elegant, waren sie geil auf Katastrophen, von denen sie kein Kind bekommen konnten.
Sie lagen mit dem Unglück anderer Leute im Bett und befriedigten sich mit einem künstlichen Mitleid.

Die Pressetribüne war überfüllt.
Als Zeugen waren u.a. geladen: die Eltern des N, die Mutter des Z, der Feldwebel, der R, der mit Z und N das Zelt geteilt hatte, die beiden Waldarbeiter, die die Leiche des Ermordeten gefunden hatten, der Untersuchungsrichter, die Gendarmen, usw. usw.
Und natürlich auch ich.
Und natürlich auch Eva.
Aber die war noch nicht im Saal. Sie sollte erst vorgeführt werden.
Der Staatsanwalt und der Verteidiger blättern in den Akten.
Jetzt sitzt Eva in einer Einzelzelle und wartet, daß sie drankommt.
Der Angeklagte erscheint. Ein Wachmann begleitet ihn.
Er sieht aus, wie immer. Nur bleicher ist er geworden und mit den Augen zwinkert er. Es stört ihn das Licht. Sein Scheitel ist noch in Ordnung.
Er setzt sich auf die Angeklagtenbank, als wärs eine Schulbank.
Alle sehen ihn an.
Er blickt kurz hin und erblickt seine Mutter.
Er starrt sie an – was rührt sich in ihm?
Scheinbar nichts.
Seine Mutter schaut ihn kaum an.
Oder scheint es nur so?
Denn sie ist dicht verschleiert – schwarz und schwarz, kein Gesicht.
Der Feldwebel begrüßt mich und erkundigt sich, ob ich sein Interview gelesen hätte. Ich sage »ja«, und der Bäckermeister N horcht auf meine Stimme hin gehässig auf. Er könnt mich wahrscheinlich erschlagen.
Mit einer altbackenen Semmel.

Der Präsident des Jugendgerichtshofes betritt den Saal, und alles erhebt sich. Er setzt sich und eröffnet die Verhandlung.
Ein freundlicher Großpapa.
Die Anklageschrift wird verlesen.
Z wird nicht des Totschlags, sondern des Mordes angeklagt, und zwar des meuchlerischen.
Der Großpapa nickt, als würde er sagen: »Oh, diese Kinder!«
Dann wendet er sich dem Angeklagten zu.
Z erhebt sich.
Er gibt seine Personalien an und ist nicht befangen.
Nun soll er in freier Rede sein Leben erzählen. Er wirft einen scheuen Blick auf seine Mutter und wird befangen.
Es wäre so gewesen, wie bei allen Kindern, fängt er dann leise an. Seine Eltern wären nicht besonders streng gewesen, wie eben alle Eltern. Sein Vater sei schon sehr bald gestorben.
Er ist das einzige Kind.
Die Mutter führt ihr Taschentuch an die Augen, aber oberhalb des Schleiers.
Ihr Sohn erzählt, was er werden wollte – ja, er wollte mal ein großer Erfinder werden. Aber er wollte nur Kleinigkeiten erfinden, wie zum Beispiel: einen neuartigen Reißverschluß.
»Sehr vernünftig«, nickte der Präsident. »Aber wenn du nichts erfunden hättest?«
»Dann wäre ich Flieger geworden. Postflieger. Am liebsten nach Übersee.«
Zu den Negern? muß ich unwillkürlich denken.
Und wie der Z so von seiner ehemaligen Zukunft spricht, rückt die Zeit immer näher und näher – bald wird er da

sein, der Tag, an dem der liebe Gott kam. Der Z schildert das Lagerleben, das Schießen, Marschieren, das Hissen der Flagge, den Feldwebel und mich. Und er sagt einen sonderbaren Satz: »Die Ansichten des Herrn Lehrers waren mir oft zu jung.«
Der Präsident staunt.
»Wieso?«
»Weil der Herr Lehrer immer nur sagte, wie es auf der Welt sein sollte, und nie, wie es wirklich ist.«
Der Präsident sieht den Z groß an. Fühlt er, daß nun ein Gebiet betreten wurde, wo das Radio regiert? Wo die Sehnsucht nach der Moral zum alten Eisen geworfen wird, während man vor der Brutalität der Wirklichkeit im Staube liegt? Ja, er scheint es zu fühlen, denn er sucht nach einer günstigen Gelegenheit, um die Erde verlassen zu können. Plötzlich fragt er den Z: »Glaubst du an Gott?«
»Ja«, sagt der Z, ohne zu überlegen.
»Und kennst du das fünfte Gebot?«
»Ja.«
»Bereust du deine Tat?«
Es wird sehr still im Saal.
»Ja«, meint der Z, »ich bereue sie sehr.«
Sie klang aber unecht, die Reue.
Der Präsident schneuzte sich.
Das Verhör wandte sich dem Mordtag zu.
Die Einzelheiten, die bereits jeder kannte, wurden abermals durchgekaut.
»Wir sind sehr früh fortmarschiert«, erzählt der Z zum hundertstenmal, »und sind dann bald in einer Schwarmlinie durch das Dickicht gegen einen Höhenzug vorgerückt, der von dem markierten Feinde gehalten wurde. In der Nähe der Höhlen traf ich zufällig den N. Es war auf einem Felsen. Ich hatte eine riesige Wut auf den N, weil er mein Kästchen erbrochen hat. Er hat es zwar geleugnet –«

»Halt!« unterbricht ihn der Präsident. »Der Herr Lehrer hat es hier in den Akten vor dem Untersuchungsrichter zu Protokoll gegeben, daß du ihm gesagt hättest, der N hätte es dir gestanden, daß er das Kästchen erbrochen hat.«
»Das hab ich nur so gesagt.«
»Warum?«
»Damit kein Verdacht auf mich fällt, wenn es herauskommt.«
»Aha. Weiter!«
»Wir gerieten also ins Raufen, ich und der N, und er warf mich fast den Felsen hinab – da wurde es mir rot vor den Augen, ich sprang wieder empor und warf ihm den Stein hinauf.«
»Auf dem Felsen?«
»Nein.«
»Sondern wo?«
»Das hab ich vergessen.«
Er lächelt.
Es ist nichts aus ihm herauszubekommen.
Er erinnert sich nicht mehr.
»Und wo setzt sie wieder ein, deine Erinnerung?«
»Ich ging ins Lager zurück und schrieb es in mein Tagebuch hinein, daß ich mit dem N gerauft habe.«
»Ja, das ist die letzte Eintragung, aber du hast den letzten Satz nicht zu Ende geschrieben.«
»Weil mich der Herr Lehrer gestört hat.«
»Was wollte er von dir?«
»Ich weiß es nicht.«
»Nun, er wird es uns schon erzählen.«
Auf dem Gerichtstisch liegt das Tagebuch, ein Bleistift und ein Kompaß. Und ein Stein.
Der Präsident fragt den Z, ob er den Stein wiedererkenne?
Der Z nickt ja.
»Und wem gehört der Bleistift, der Kompaß?«

»Die gehören nicht mir.«
»Sie gehören dem unglücklichen N«, sagt der Präsident und blickt wieder in die Akten. »Doch nein! Nur der Bleistift gehört dem N! Warum sagst du es denn nicht, daß der Kompaß dir gehört?«
Der Z wird rot.
»Ich hab es vergessen«, entschuldigt er sich leise.
Da erhebt sich der Verteidiger: »Herr Präsident, vielleicht gehört der Kompaß wirklich nicht ihm.«
»Was wollen Sie damit sagen?«
»Damit will ich sagen, daß dieser fatale Kompaß, der dem N nicht gehört, vielleicht auch dem Z nicht gehört, sondern vielleicht einer dritten Person. Bitte mal den Angeklagten zu fragen, ob wirklich niemand dritter dabei war, als die Tat geschah.«
Er setzte sich wieder, und der Z wirft einen kurzen, feindseligen Blick auf ihn.
»Es war keinerlei dritte Person dabei«, sagt er fest.
Da springt der Verteidiger auf: »Wieso erinnert er sich so fest daran, daß keine dritte Person dabei war, wenn er sich überhaupt nicht erinnern kann, wann, wie und wo die Tat verübt wurde?!«
Aber nun mischt sich auch der Staatsanwalt ins Gespräch. »Der Herr Verteidiger will anscheinend darauf hinaus«, meint er ironisch, »daß nicht der Angeklagte, sondern der große Unbekannte den Mord vollführte. Jawohl, der große Unbekannte –«
»Ich weiß nicht«, unterbricht ihn der Verteidiger, »ob man ein verkommenes Mädchen, das eine Räuberbande organisierte, so ohne weiteres als eine große Unbekannte bezeichnen darf –«
»Das Mädel war es nicht«, fällt ihm der Staatsanwalt ins Wort, »sie wurde weiß Gott eingehend genug verhört, wir werden ja auch den Herrn Untersuchungsrichter als Zeugen

hören – abgesehen davon, daß ja der Angeklagte die Tat glatt zugibt, er hat sie sogar sogleich zugegeben, was auch in gewisser Hinsicht für ihn spricht. Die Absicht der Verteidigung, die Dinge so hinzustellen, als hätte das Mädchen gemordet und als würde der Z sie nur decken, führt zu Hirngespinsten!« »Abwarten!« lächelt der Verteidiger und wendet sich an den Z: »Steht es nicht schon in deinem Tagebuch, sie nahm einen Stein und warf ihn nach mir – und wenn der mich getroffen hätte, dann wär ich jetzt hin?«
Der Z sieht ihn ruhig an. Dann macht er eine wegwerfende Geste.
»Ich hab übertrieben, es war nur ein kleiner Stein.«
Und plötzlich gibt er sich einen Ruck.
»Verteidigen Sie mich nicht mehr, Herr Doktor, ich möchte bestraft werden für das, was icht tat!«
»Und deine Mutter?« schreit ihn sein Verteidiger an. »Denkst du denn gar nicht an deine Mutter, was die leidet?! Du weißt ja nicht, was du tust!«
Der Z steht da und senkt den Kopf.
Dann blickt er auf seine Mutter. Fast forschend.
Alle schauen sie an, aber sie können nichts sehen vor lauter Schleier.

In der Wohnung

Vor Einvernahme der Zeugen schaltet der Präsident eine Pause ein. Es ist Mittag. Der Saal leert sich allmählich, der Angeklagte wird abgeführt. Staatsanwalt und Verteidiger blicken sich siegesgewiß an.
Ich gehe in den Anlagen vor dem Justizpalast spazieren. Es ist ein trüber Tag, naß und kalt.
Die Blätter fallen – ja, es ist wieder Herbst geworden. Ich biege um eine Ecke und halte fast.

Aber ich gehe gleich weiter.
Auf der Bank sitzt die Mutter des Z.
Sie rührt sich nicht.
Sie ist eine mittelgroße Dame, fällt es mir ein.
Unwillkürlich grüße ich. Sie dankt jedoch nicht.
Wahrscheinlich hat sie mich gar nicht gesehen.
Wahrscheinlich ist sie ganz anderswo – –
Die Zeit, in der ich an keinen Gott glaubte, ist vorbei. Heute glaube ich an ihn. Aber ich mag ihn nicht. Ich sehe ihn noch vor mir, wie er im Zeltlager mit dem kleinen R spricht und den Z nicht aus den Augen läßt. Er muß stechende, tückische Augen haben – kalt, sehr kalt. Nein, er ist nicht gut.
Warum läßt er die Mutter des Z so sitzen? Was hat sie denn getan? Kann sie für das, was ihr Sohn verbrach? Warum verurteilt er die Mutter, wenn er den Sohn verdammt? Nein, er ist nicht gerecht.
Ich will mir eine Zigarette anzünden.
Zu dumm, ich hab sie zu Hause vergessen!
Ich verlasse die Anlagen und suche ein Zigarettengeschäft.
In einer Seitenstraße finde ich eines.
Es ist ein kleines Geschäft und gehört einem uralten Ehepaar. Es dauert lang, bis der Alte die Schachtel öffnet und die Alte zehn Zigaretten zählt. Sie stehen sich gegenseitig im Wege, sind aber freundlich zueinander. Die Alte gibt mir zu wenig heraus und ich mache sie lächelnd darauf aufmerksam. Sie erschrickt sehr. »Gott behüt!« meint sie, und ich denke, wenn dich Gott behütet, dann bist du ja wohl geborgen.
Sie hat kein Kleingeld und geht hinüber zum Metzger wechseln.
Ich bleib mit dem Alten zurück und zünde mir eine Zigarette an.

Er fragt, ob ich einer vom Gericht wär, denn bei ihm kauften hauptsächlich Herren vom Gericht. Und schon fängt er auch mit dem Mordprozeß an. Der Fall sei nämlich riesig interessant, denn da könnte man deutlich Gottes Hand darin beobachten.
Ich horche auf.
»Gottes Hand?«
»Ja«, sagt er, »denn in diesem Fall scheinen alle Beteiligten schuld zu sein. Auch die Zeugen, der Feldwebel, der Lehrer – und auch die Eltern.«
»Die Eltern?«
»Ja. Denn nicht nur die Jugend, auch die Eltern kümmern sich nicht mehr um Gott. Sie tun, als wär er gar nicht da.«
Ich blicke auf die Straße hinaus.
Die Alte verläßt die Metzgerei und geht nach rechts zum Bäcker. Aha, der Metzger konnte auch nicht wechseln.
Es ist niemand auf der Straße zu sehen, und plötzlich werde ich einen absonderlichen Gedanken nicht mehr los: es hat etwas zu bedeuten, denke ich, daß der Metzger nicht wechseln kann. Es hat etwas zu bedeuten, daß ich hier warten muß.
Ich sehe die hohen grauen Häuser und sage: »Wenn man nur wüßte, wo Gott wohnt.«
»Er wohnt überall, wo er nicht vergessen wurde«, höre ich die Stimme des Alten. »Er wohnt auch hier bei uns, denn wir streiten uns nie.«
Ich halte den Atem an.
Was war das?
War das noch die Stimme des Alten?
Nein, das war nicht seine – das war eine andere Stimme.
Wer sprach da zu mir?
Ich dreh mich nicht um.
Und wieder höre ich die Stimme:
»Wenn du als Zeuge aussagst und meinen Namen nennst,

dann verschweige es nicht, daß du das Kästchen erbrochen hast.«
Das Kästchen!
Nein! Da werd ich doch nur bestraft, weil ich den Dieb nicht verhaften ließ!
»Das sollst du auch!«
Aber ich verliere auch meine Stellung, mein Brot –
»Du mußt es verlieren, damit kein neues Unrecht entsteht.«
Und meine Eltern?! Ich unterstütze sie ja!
»Soll ich dir deine Kindheit zeigen?«
Meine Kindheit?
Die Mutter keift, der Vater schimpft. Sie streiten sich immer. Nein, hier wohnst du nicht. Hier gehst du nur vorbei, und dein Kommen bringt keine Freude –
Ich möchte weinen.
»Sage es«, höre ich die Stimme, »sage es, daß du das Kästchen erbrochen hast. Tu mir den Gefallen und kränke mich nicht wieder.«

Der Kompaß

Der Prozeß schreitet fort.
Die Zeugen sind dran.
Der Waldarbeiter, die Gendarmen, der Untersuchungsrichter, der Feldwebel, sie habens schon hinter sich. Auch der Bäckermeister N und seine Gattin Elisabeth sagten schon, was sie wußten. Sie wußten alle nichts.
Der Bäckermeister brachte es nicht übers Herz, meine Ansicht über die Neger unerwähnt zu lassen. Er richtete heftige Vorwürfe gegen meine verdächtige Gesinnung, und der Präsident sah ihn mißbilligend an, wagte es aber nicht, ihn zu unterbrechen.

Jetzt wird die Mutter des Z aufgerufen.
Sie erhebt sich und tritt vor.
Der Präsident setzt es ihr auseinander, daß sie sich ihrer Zeugenaussage entschlagen könnte, doch sie fällt ihm ins Wort, sie wolle aussagen.
Sie spricht, nimmt jedoch den Schleier nicht ab.
Sie hat ein unangenehmes Organ.
Der Z sei ein stilles, jedoch jähzorniges Kind, erzählt sie, und diesen Jähzorn hätte er von seinem Vater geerbt. Krank wäre er nie gewesen, nur so die gewöhnlichen harmlosen Kinderkrankheiten hätte er durchgemacht. Geistige Erkrankungen wären in der Familie auch nicht vorgekommen, weder väterlicher- noch mütterlicherseits.
Plötzlich unterbricht sie sich selber und fragt: »Herr Präsident, darf ich an meinen Sohn eine Frage richten?«
»Bitte!«
Sie tritt an den Gerichtstisch, nimmt den Kompaß in die Hand und wendet sich ihrem Sohne zu.
»Seit wann hast du denn einen Kompaß?« fragt sie und es klingt wie Hohn. »Du hast doch nie einen gehabt, wir haben uns ja noch gestritten vor deiner Abreise ins Lager, weil du sagtest, alle haben einen, nur ich nicht, und ich werde mich verirren ohne Kompaß – woher hast du ihn also?«
Der Z starrt sie an.
Sie wendet sich triumphierend an den Präsidenten: »Es ist nicht sein Kompaß und den Mord hat der begangen, der diesen Kompaß verloren hat!«
Der Saal murmelt und der Präsident fragt den Z: »Hörst du, was deine Mutter sagt?«
Der Z starrt sie noch immer an.
»Ja«, sagt er langsam. »Meine Mutter lügt.«
Der Verteidiger schnellt empor: »Ich beantrage, ein Fakultätsgutachten über den Geisteszustand des Angeklagten einzuholen!«

Der Präsident meint, das Gericht würde sich später mit diesem Antrag befassen.
Die Mutter fixiert den Z: »Ich lüge, sagst du?«
»Ja.«
»Ich lüge nicht!« brüllt sie plötzlich los. »Nein, ich habe noch nie in meinem Leben gelogen, aber du hast immer gelogen, immer! Ich sage die Wahrheit und nur die Wahrheit, aber du willst doch nur dieses dreckige Weibsbild beschützen, dieses verkommene Luder!«
»Das ist kein Luder!«
»Halt den Mund!« kreischt die Mutter und wird immer hysterischer. »Du denkst eh immer nur an lauter solche elende Fetzen, aber nie denkst du an deine arme Mutter!«
»Das Mädel ist mehr wert wie du!«
»Ruhe!« schreit der Präsident empört und verurteilt den Z wegen Zeugenbeleidigung zu zwei Tagen Haft. »Unerhört«, fährt er ihn an, »wie du deine eigene Mutter behandelst! Das läßt aber tief blicken!«
Jetzt verliert der Z seine Ruhe.
Der Jähzorn, den er von seinem Vater geerbt hat, bricht aus.
»Das ist doch keine Mutter!« schreit er. »Nie kümmert sie sich um mich, immer nur um ihre Dienstboten! Seit ich lebe, höre ich ihre ekelhafte Stimme, wie sie in der Küche die Mädchen beschimpft!«
»Er hat immer zu den Mädeln gehalten, Herr Präsident! Genau wie mein Mann!« Sie lacht kurz.
»Lach nicht Mutter!« herrscht sie der Sohn an. »Erinnerst du dich an die Thekla?!«
»An was für eine Thekla?!«
»Sie war fünfzehn Jahre alt, und du hast sie sekkiert, wo du nur konntest! Bis elf Uhr nachts mußte sie bügeln und morgens um halb fünf schon aufstehen, und zu fressen hat

sie auch nichts bekommen! Und dann ist sie weg – erinnerst du dich?«
»Ja, sie hat gestohlen!«
»Um fort zu können! Ich war damals sechs Jahre alt und weiß es noch genau, wie der Vater nach Haus gekommen ist und gesagt hat, das arme Mädel ist erwischt worden, sie kommt in die Besserungsanstalt! Und daran warst du schuld, nur du!«
»Ich?!«
»Vater hat es auch gesagt!«
»Vater, Vater! Der hat vieles gesagt!«
»Vater hat nie gelogen! Ihr habt euch damals entsetzlich gestritten und Vater schlief nicht zu Haus, erinnerst du dich? Und so ein Mädel wie die Thekla, so eines ist auch die Eva – genauso! Nein, Mutter, ich mag dich nicht mehr!«
Es wurde sehr still im Saal.
Dann sagt der Präsident: »Ich danke, Frau Professor!«

Das Kästchen

Nun bin ich dran.
Es ist bereits dreiviertelfünf.
Ich werde als Zeuge vereidigt.
Ich schwöre bei Gott, nach bestem Gewissen die Wahrheit zu sagen und nichts zu verschweigen.
Jawohl, nichts zu verschweigen.
Während ich schwöre, wird der Saal unruhig.
Was gibts?
Ich dreh mich kurz um und erblicke Eva.
Sie setzt sich gerade auf die Zeugenbank, begleitet von einer Gefängnisbeamtin.
Ihre Augen wollt ich mal sehen, geht es mir durch den Sinn.

Ich werde sie mir anschauen, sowie ich alles gesagt haben werde.
Jetzt komme ich nicht dazu.
Ich muß ihr den Rücken zeigen, denn vor mir steht das Kruzifix.
Sein Sohn.
Ich schiele nach dem Z.
Er lächelt.
Ob sie jetzt wohl auch lächelt – hinter meinem Rücken?
Ich beantworte die Fragen des Präsidenten. Er streift auch wieder die Neger – ja, wir verstehen uns. Ich stelle dem N ein gutes Zeugnis aus und ebenso dem Z. Beim Mord war ich nicht dabei. Der Präsident will mich schon entlassen, da falle ich ihm ins Wort: »Nur noch eine Kleinigkeit, Herr Präsident!«
»Bitte!«
»Jenes Kästchen, in welchem das Tagebuch des Z lag, erbrach nicht der N.«
»Nicht der N? Sondern?«
»Sondern ich. Ich war es, der das Kästchen mit einem Draht öffnete.«
Die Wirkung dieser Worte war groß.
Der Präsident ließ den Bleistift fallen, der Verteidiger schnellte empor, der Z glotzte mich an mit offenem Munde, seine Mutter schrie auf, der Bäckermeister wurde bleich, wie Teig, und griff sich ans Herz.
Und Eva?
Ich weiß es nicht.
Ich fühle nur eine allgemeine ängstliche Unruhe hinter mir.
Es murrt, es tuschelt.
Der Staatsanwalt erhebt sich hypnotisiert und deutet langsam mit dem Finger nach mir. »Sie?!« fragt er gedehnt.

»Ja«, sage ich und wundere mich über meine Ruhe. Ich fühle mich wunderbar leicht.
Und erzähle nun alles.
Warum ich das Kätchen erbrach und weshalb ich es dem Z nicht sogleich gestand. Weil ich mich nämlich schämte, aber es war auch eine Feigheit dabei.
Ich erzähle alles.
Weshalb ich das Tagebuch las und warum ich keine gesetzlichen Konsequenzen zog, denn ich wollte einen Strich durch eine Rechnung ziehen. Einen dicken Strich. Durch eine andere Rechnung. Ja, ich war dumm! Ich bemerke, daß der Staatsanwalt zu notieren beginnt, aber das stört mich nicht.
Alles, alles!
Erzähl nur zu!
Auch Adam und Eva. Und die finsteren Wolken und den Mann im Mond!
Als ich fertig bin, steht der Staatsanwalt auf.
»Ich mache den Herrn Zeugen darauf aufmerksam, daß er sich über die Konsequenzen seiner interessanten Aussage keinerlei Illusionen hingeben soll. Die Staatsanwaltschaft behält es sich vor, Anklage wegen Irreführung der Behörden und Diebstahlsbegünstigung zu erheben.«
»Bitte«, verbeuge ich mich leicht, »ich habe geschworen, nichts zu verschweigen.«
Da brüllt der Bäckermeister: »Er hat meinen Sohn am Gewissen, nur er!« Er bekommt einen Herzanfall und muß hinausgeführt werden. Seine Gattin hebt drohend den Arm: »Fürchten Sie sich«, ruft sie mir zu, »fürchten Sie sich vor Gott.«
Nein, ich fürchte mich nicht mehr vor Gott.
Ich spüre den allgemeinen Abscheu um mich herum. Nur zwei Augen verabscheuen mich nicht.
Sie ruhen auf mir.

Still, wie die dunklen Seen in den Wäldern meiner Heimat.
Eva, bist du schon der Herbst?

Vertrieben aus dem Paradies

Eva wird nicht vereidigt.
»Kennst du das?« fragt sie der Präsident und hebt den Kompaß hoch.
»Ja«, sagt sie, »das zeigt die Richtung an.«
»Weißt du, wem der gehört?«
»Mir nicht, aber ich kann es mir denken.«
»Schwindel nur nicht!«
»Ich schwindle nicht. Ich möchte jetzt genauso die Wahrheit sagen wie der Herr Lehrer.«
Wie ich?
Der Staatsanwalt lächelt ironisch.
Der Verteidiger läßt sie nicht aus den Augen.
»Also los!« meint der Präsident.
Und Eva beginnt:
»Als ich den Z in der Nähe unserer Höhle traf, kam der N daher.«
»Du warst also dabei?«
»Ja.«
»Und warum sagst du das erst jetzt? Warum hast du denn die ganze Untersuchung über gelogen, daß du nicht dabei warst, wie der Z den N erschlug?!«
»Weil der Z nicht den N erschlug.«
»Nicht der Z?! Sondern?!«
Ungeheuer ist die Spannung. Alles im Saal beugt sich vor. Sie beugen sich über das Mädchen, aber das Mädchen wird nicht kleiner.
Der Z ist sehr blaß.

Und Eva erzählt: »Der Z und der N rauften fürchterlich, der N war stärker und warf den Z über den Felsen hinab. Ich dachte, jetzt ist er hin und ich wurde sehr wild und ich dachte auch, er kennt ja das Tagebuch und weiß alles von mir – ich nahm einen Stein, diesen Stein da, und lief ihm nach. Ich wollte ihm den Stein auf den Kopf schlagen, ja, ich wollte, aber plötzlich sprang ein fremder Junge aus dem Dickicht, entriß mir den Stein und eilte dem N nach. Ich sah, wie er ihn einholte und mit ihm redete. Es war bei einer Lichtung. Den Stein hielt er noch immer in der Hand. Ich versteckte mich, denn ich hatte Angst, daß die beiden zurückkommen. Aber sie kamen nicht, sie gingen eine andere Richtung, der N zwei Schritte voraus. Auf einmal hebt der Fremde den Stein und schlägt ihn von hinten dem N auf den Kopf. Der N fiel hin und rührte sich nicht. Der Fremde beugte sich über ihn und betrachtete ihn, dann schleifte er ihn fort. In einen Graben. Er wußte es nicht, daß ich alles beobachtete. Ich lief dann zum Felsen zurück und traf dort den Z. Er tat sich nichts durch den Sturz, nur sein Rock war zerrissen und seine Hände waren zerkratzt.« – –
Der Verteidiger findet als erster seine Sprache wieder: »Ich stelle den Antrag, die Anklage gegen Z fallen zu lassen –«
»Moment, Herr Doktor«, unterbricht ihn der Präsident und wendet sich an den Z, der das Mädel immer noch entgeistert anstarrt.
»Ist das wahr, was sie sagte?«
»Ja«, nickt leise der Z.
»Hast du es denn auch gesehen, daß ein fremder Junge den N erschlug?«
»Nein, das habe ich nicht gesehen.«
»Na also!« atmet der Staatsanwalt erleichtert auf und lehnt sich befriedigt zurück.

»Er sah nur, daß ich den Stein erhob und dem N nachlief«, sagte Eva.
»Also warst du es, die ihn erschlug«, konstatiert der Verteidiger.
Aber das Mädchen bleibt ruhig.
»Ich war es nicht.«
Sie lächelt sogar.
»Wir kommen noch darauf zurück«, meint der Präsident. »Ich möchte jetzt nur hören, warum ihr das bis heute verschwiegen habt, wenn ihr unschuldig seid. Nun?«
Die beiden schweigen.
Dann beginnt wieder das Mädchen.
»Der Z hat es auf sich genommen, weil er gedacht hat, daß ich den N erschlagen hätt. Er hat es mir nicht glauben wollen, daß es ein anderer tat.«
»Und wir sollen es dir glauben?«
Jetzt lächelt sie wieder.
»Ich weiß es nicht, es ist aber so –«
»Und du hättest ruhig zugeschaut, daß er unschuldig verurteilt wird?«
»Ruhig nicht, ich hab ja genug geweint, aber ich hatte so Angst vor der Besserungsanstalt – und dann, dann hab ichs doch jetzt gesagt, daß er es nicht gewesen ist.«
»Warum erst jetzt?«
»Weil halt der Herr Lehrer auch die Wahrheit gesagt hat.«
»Sonderbar!« grinst der Staatsanwalt.
»Und wenn der Herr Lehrer nicht die Wahrheit gesagt hätte?« erkundigt sich der Präsident.
»Dann hätte auch ich geschwiegen.«
»Ich denke«, meint der Verteidiger sarkastisch, »du liebst den Z. Die wahre Liebe ist das allerdings nicht.«
Man lächelt.
Eva blickt den Verteidiger groß an.
»Nein«, sagt sie leise, »ich liebe ihn nicht.«

Der Z schnellt empor.
»Ich hab ihn auch nie geliebt«, sagt sie etwas lauter und senkt den Kopf.
Der Z setzt sich langsam wieder und betrachtet seine rechte Hand.
Er wollte sie beschützen, aber sie liebt ihn nicht.
Er wollte sich für sie verurteilen lassen, aber sie liebte ihn nie.
Es war nur so –
An was denkt jetzt der Z?
Denkt er an seine ehemalige Zukunft?
An den Erfinder, den Postflieger?
Es war alles nur so –
Bald wird er Eva hassen.

Der Fisch

»Nun«, fährt der Präsident fort, Eva zu verhören, »du hast also den N mit diesem Steine hier verfolgt?«
»Ja.«
»Und du wolltest ihn erschlagen?«
»Aber ich tat es nicht!«
»Sondern?«
»Ich habs ja schon gesagt, es kam ein fremder Junge, der stieß mich zu Boden und lief mit dem Stein dem N nach.«
»Wie sah denn dieser fremde Junge aus?«
»Es ging alles so rasch, ich weiß es nicht –«
»Ach, der große Unbekannte!« spöttelt der Staatsanwalt.
»Würdest du ihn wiedererkennen?« läßt der Präsident nicht locker.
»Vielleicht. Ich erinner mich nur, er hatte helle, runde Augen. Wie ein Fisch.«

Das Wort versetzt mir einen ungeheueren Hieb.
Ich springe auf und schreie: »Ein Fisch?!«
«Was ist Ihnen?« fragt der Präsident und wundert sich.
Alles staunt.
Ja, was ist mir denn nur?
Ich denke an einen illuminierten Totenkopf.
Es kommen kalte Zeiten, höre ich Julius Caesar, das Zeitalter der Fische. Da wird die Seele des Menschen unbeweglich, wie das Antlitz eines Fisches.
Zwei helle, runde Augen sehen mich an. Ohne Schimmer, ohne Glanz.
Es ist der T.
Er steht an dem offenen Grabe.
Er steht auch im Zeltlager und lächelt leise, überlegen spöttisch.
Hat er es schon gewußt, daß ich das Kästchen erbrochen hab?
Hat auch er das Tagebuch gekannt?
Hat er spioniert?
Ist er dem Z nachgeschlichen und dem N?
Er lächelt seltsam starr.
Ich rühre mich nicht.
Und wieder fragt der Präsident: »Was ist Ihnen?«
Soll ich es sagen, daß ich an den T denke?
Unsinn!
Warum sollte denn der T den N erschlagen haben?
Es fehlt doch jedes Motiv –
Und ich sage: »Verzeihung, Herr Präsident, aber ich bin etwas nervös.«
»Begreiflich!« grinst der Staatsanwalt.
Ich verlasse den Saal.
Ich weiß, sie werden den Z freisprechen und das Mädel verurteilen. Aber ich weiß auch, es wird sich alles ordnen.
Morgen oder übermorgen wird die Untersuchung gegen

mich eingeleitet werden. Wegen Irreführung der Behörde und Diebstahlsbegünstigung.
Man wird mich vom Lehramt suspendieren.
Ich verliere mein Brot.
Aber es schmerzt mich nicht.
Was werd ich fressen?
Komisch, ich hab keine Sorgen.
Die Bar fällt mir ein, in der ich Julius Caesar traf.
Sie ist nicht teuer.
Aber ich besaufe mich nicht.
Ich geh heim und leg mich nieder.
Ich hab keine Angst mehr vor meinem Zimmer.
Wohnt er jetzt auch bei mir?

Er beißt nicht an

Richtig, im Morgenblatt steht es bereits!
Der Z wurde nur wegen Irreführung der Behörden und Diebstahlsbegünstigung unter Zubilligung mildernder Umstände zu einer kleinen Freiheitsstrafe verurteilt, aber gegen das Mädchen erhob der Staatsanwalt die Anklage wegen Verbrechens des meuchlerischen Mordes.
Der neue Prozeß dürfte in drei Monaten stattfinden.
Das verkommene Geschöpf hat zwar hartnäckig ihre Unschuld beteuert, schreibt der Gerichtssaalberichterstatter, aber es war wohl niemand zugegen, der ihrem Geschrei irgendwelchen Glauben geschenkt hat. Wer einmal lügt, lügt bekanntlich auch zweimal! Selbst der Angeklagte Z reichte ihr am Ende der Verhandlung nicht mehr die Hand, als sie sich von der Gefängnisbeamtin losriß, zu ihm hinstürzte und ihn um Verzeihung bat, daß sie ihn nie geliebt hätte!
Aha, er haßt sie bereits!

Jetzt ist sie ganz allein.
Ob sie noch immer schreit?
Schrei nicht, ich glaube dir –
Warte nur, ich werde den Fisch fangen.
Aber wie?
Ich muß mit ihm sprechen, und zwar so bald wie möglich!
Mit der Morgenpost erhielt ich bereits ein Schreiben von der Aufsichtsbehörde: ich darf das Gymnasium nicht mehr betreten, solange die Untersuchung gegen mich läuft.
Ich weiß, ich werde es nie mehr betreten, denn man wird mich glatt verurteilen. Und zwar ohne Zubilligung mildernder Umstände.
Aber das geht mich jetzt nichts an!
Denn ich muß einen Fisch fangen, damit ich sie nicht mehr schreien höre.
Meine Hausfrau bringt das Frühstück und benimmt sich scheu. Sie hat meine Zeugenaussage in der Zeitung gelesen und der Wald rauscht. Die Mitarbeiter schreiben: »Der Lehrer als Diebshelfer« – und einer schreibt sogar, ich wäre ein geistiger Mörder.
Keiner nimmt meine Partei.
Gute Zeiten für den Herrn Bäckermeister N, falls ihn heut nacht nicht der Teufel geholt hat! –
Mittags stehe ich in der Nähe des Gymnasiums, das ich nicht mehr betreten darf, und warte auf Schulschluß. Endlich verlassen die Schüler das Haus.
Auch einige Kollegen.
Sie können mich nicht sehen.
Und jetzt kommt der T.
Er ist allein und biegt nach rechts ab.
Ich gehe ihm langsam entgegen.
Er erblickt mich und stutzt einen Augenblick.

Dann grüßt er und lächelt.
»Gut, daß ich dich treffe«, spreche ich ihn an, »denn ich hätte verschiedenes mit dir zu besprechen.«
»Bitte«, verbeugt er sich höflich.
»Doch hier auf der Straße ist zuviel Lärm, komm, gehen wir in eine Konditorei, ich lade dich ein auf ein Eis!«
»Oh, danke!«
Wir sitzen in der Konditorei.
Der Fisch bestellt sich Erdbeer und Zitrone.
Er löffelt das Eis.
Selbst wenn er frißt, lächelt er, stelle ich fest.
Und plötzlich überfalle ich ihn mit dem Satz: »Ich muß mit dir über den Mordprozeß sprechen.«
Er löffelt ruhig weiter.
»Schmeckts?«
»Ja.«
Wir schweigen.
»Sag mal«, beginne ich wieder, »glaubst du, daß das Mädel den N erschlagen hat?«
»Ja.«
»Du glaubst es also nicht, daß es ein fremder Junge tat?«
»Nein. Das hat sie nur erfunden, um sich herauszulügen.«
Wir schweigen wieder.
Plötzlich löffelt er nicht mehr weiter und sieht mich mißtrauisch an: »Was wollen Sie eigentlich von mir, Herr Lehrer?«
»Ich dachte«, sage ich langsam und blicke in seine runden Augen, »daß du es vielleicht ahnen wirst, wer jener fremde Junge war.«
»Wieso?«
Ich wage es und lüge: »Weil ich es weiß, daß du immer spionierst.«

»Ja«, sagt er ruhig, »ich habe verschiedenes beobachtet.«
Jetzt lächelt er wieder.
Wußte er es, daß ich das Kästchen erbrochen hab?
Und ich frage: »Hast du das Tagebuch gelesen?«
Er fixiert mich: »Nein. Aber ich habe Sie, Herr Lehrer, beobachtet, wie Sie sich fortgeschlichen haben und dem Z und dem Mädel zugeschaut haben –«
Es wird mir kalt.
Er beobachtet mich.
»Sie haben mir damals ins Gesicht gelangt, denn ich stand hinter Ihnen. Sie sind furchtbar erschrocken, aber ich hab keine Angst, Herr Lehrer.«
Er löffelt wieder ruhig sein Eis.
Und es fällt mir plötzlich auf, daß er sich an meiner Verwirrung gar nicht weidet. Er wirft nur manchmal einen lauernden Blick auf mich, als würde er etwas registrieren.
Komisch, ich muß an einen Jäger denken.
An einen Jäger, der kühl zielt und erst dann schießt, wenn er sicher trifft.
Der keine Lust dabei empfindet.
Aber warum jagt er denn dann?
Warum, warum?
»Hast du dich eigentlich mit dem N vertragen?«
»Ja, wir standen sehr gut.«
Wie gerne möchte ich ihn nun fragen: und warum hast du ihn denn dann erschlagen? Warum, warum?!
»Sie fragen mich, Herr Lehrer«, sagt er plötzlich, »als hätte ich den N erschlagen. Als wär ich der fremde Junge, wo Sie doch wissen, daß niemand weiß, wie der aussah, wenn es ihn überhaupt gegeben hat. Selbst das Mädel weiß ja nur, daß er Fischaugen gehabt hat –«
Und du? denke ich.

»– und ich hab doch keine Fischaugen, sondern ich hab helle Rehaugen, meine Mama sagts auch und überhaupt alle. Warum lächeln Sie, Herr Lehrer? Viel eher, wie ich, haben Sie Fischaugen –«

»Ich?!«

»Wissen Sie denn nicht, Herr Lehrer, was Sie in der Schule für einen Spitznamen haben? Haben Sie ihn nie gehört? Sie heißen der Fisch.«

Er nickt mir lächelnd zu.

»Ja, Herr Lehrer, weil Sie nämlich immer so ein unbewegliches Gesicht haben. Man weiß nie, was Sie denken und ob Sie sich überhaupt um einen kümmern. Wir sagen immer, der Herr Lehrer beobachtet nur, da könnt zum Beispiel jemand auf der Straße überfahren worden sein, er würde nur beobachten, wie der Überfahrene daliegt, nur damit ers genau weiß, und er tät nichts dabei empfinden, auch wenn der draufging –«

Er stockt plötzlich, als hätte er sich verplappert, und wirft einen erschrockenen Blick auf mich, aber nur den Bruchteil einer Sekunde lang.

Warum?

Aha, du hast den Haken schon im Maul gehabt, hast es dir aber wieder überlegt.

Du wolltest schon anbeißen, da merktest du die Schnur.

Jetzt schwimmst du in dein Meer zurück.

Du hängst noch nicht, aber du hast dich verraten.

Warte nur, ich fange dich!

Er erhebt sich: »Ich muß jetzt heim, das Essen wartet, und wenn ich zu spät komm, krieg ich einen Krach.« Er bedankt sich für das Eis und geht.

Ich sehe ihm nach und höre das Mädchen schreien.

Fahnen

Als ich am nächsten Tage erwache, wußte ich, daß ich viel geträumt hatte. Ich wußte nur nicht mehr, was.
Es war ein Feiertag.
Man feierte den Geburtstag des Oberplebejers.
Die Stadt hing voller Fahnen und Transparente.
Durch die Straßen marschierten die Mädchen, die den verschollenen Flieger suchen, die Jungen, die alle Neger sterben lassen, und die Eltern, die die Lügen glauben, die auf den Transparenten stehen. Und die sie nicht glauben, marschieren ebenfalls mit. Divisionen der Charakterlosen unter dem Kommando von Idioten. Im gleichen Schritt und Tritt.
Sie singen von einem Vögelchen, das auf einem Heldengrabe zwitschert, von einem Soldaten, der im Gas erstickt, von den schwarzbraunen Mädchen, die den zu Hause gebliebenen Dreck fressen, und von einem Feinde, den es eigentlich gar nicht gibt.
So preisen die Schwachsinnigen und Lügner den Tag, an dem der Oberplebejer geboren ward.
Und wie ich so denke, konstatierte ich mit einer gewissen Befriedigung, daß auch aus meinem Fenster ein Fähnchen flattert.
Ich hab es bereits gestern abend hinausgehängt.
Wer mit Verbrechern und Narren zu tun hat, muß verbrecherisch und närrisch handeln, sonst hört er auf. Mit Haut und Haar.
Er muß sein Heim beflaggen, auch wenn er kein Heim mehr hat.
Wenn kein Charakter mehr geduldet wird, sondern nur der Gehorsam, geht die Wahrheit, und die Lüge kommt.
Die Lüge, die Mutter aller Sünden.
Fahnen heraus!

Lieber Brot, als tot! –
So dachte ich, als es mir plötzlich einfiel: was denkst du da? Hast du es denn vergessen, daß du vom Lehramt suspendiert bist? Du hast doch keinen Meineid geschworen und hast es gesagt, daß du das Kästchen erbrochen hast. Häng nur deine Fahne hinaus, huldige dem Oberplebejer, krieche im Staub vor dem Dreck und lüge, was du kannst – es bleibt dabei! Du hast dein Brot verloren!
Vergiß es nicht, daß du mit einem höheren Herrn gesprochen hast!
Du lebst noch im selben Haus, aber in einem höheren Stock.
Auf einer anderen Ebene, in einer anderen Wohnung. Merkst du es denn nicht, daß dein Zimmer kleiner geworden ist? Auch die Möbel, der Schrank, der Spiegel – Du kannst dich noch sehen im Spiegel, er ist immer noch groß genug – gewiß, gewiß! Du bist auch nur ein Mensch, der möchte, daß seine Krawatte richtig sitzt. Doch sieh mal zum Fenster hinaus!
Wie entfernt ist alles geworden! Wie winzig sind plötzlich die großen Gebieter und wie arm die reichen Plebejer! Wie lächerlich!
Wie verwaschen die Fahnen!
Kannst du die Transparente noch lesen?
Nein.
Hörst du noch das Radio?
Kaum.
Das Mädchen müßte gar nicht so schreien, damit sie es übertönt.
Sie schreit auch nicht mehr.
Sie weint nur leise.
Aber sie übertönt alles.

Einer von fünf

Ich putz mir gerade die Zähne, als meine Hausfrau erscheint.

»Es ist ein Schüler draußen, der Sie sprechen möcht.«

»Einen Moment!»

Die Hausfrau geht, und ich ziehe meinen Morgenrock an.

Ein Schüler? Was will er?

Ich muß an den T denken.

Den Morgenrock hab ich zu Weihnachten bekommen. Von meinen Eltern. Sie sagten schon immer. »Du kannst doch nicht ohne Morgenrock leben!«

Er ist grün und lila.

Meine Eltern haben keinen Farbensinn.

Es klopft.

»Herein!«

Der Schüler tritt ein und verbeugt sich.

Ich erkenne ihn nicht sogleich – richtig, das ist der eine B!

Ich hatte fünf B's in der Klasse, aber dieser B fiel mir am wenigsten auf. Was will er? Wie kommt es, daß er draußen nicht mitmarschiert?

»Herr Lehrer«, beginnt er, »ich hab es mir lange überlegt, ob es vielleicht wichtig ist – ich glaube, ich muß es sagen.«

»Was?«

»Es hat mir keine Ruh gelassen, die Sache mit dem Kompaß.«

»Kompaß?«.

»Ja, ich hab es nämlich in der Zeitung gelesen, daß bei dem toten N ein Kompaß gefunden worden ist, von dem niemand weiß, wem er gehört –«

»Na und?«

»Ich weiß, wer den Kompaß verloren hat.«

»Wer?«
»Der T.«
Der T?! durchzuckt es mich.
Schwimmst du wieder heran?
Taucht dein Kopf aus den finsteren Wassern auf – siehst du das Netz?
Er schwimmt, er schwimmt – –
»Woher weißt du es, daß der Kompaß dem T gehört?« frage ich den B und befleißige mich, gleichgültig zu scheinen.
»Weil er ihn überall gesucht hat, wir schliefen nämlich im selben Zelt.«
»Du willst doch nicht sagen, daß der T mit dem Mord irgendwas zu tun hat?«
Er schweigt und blickt in die Ecke.
Ja, er will es sagen.
»Du traust das dem T zu?«
Er sieht mich groß an, fast erstaunt.
»Ich traue jedem alles zu«, sagt er.
»Aber doch nicht einen Mord!«
»Warum nicht?«
Er lächelt – nein, nicht spöttisch. Eher traurig.
»Aber warum hätte denn der T den N ermorden sollen, warum? Es fehlt doch jedes Motiv!«
»Der T sagte immer, der N sei sehr dumm.«
»Aber das wär doch noch kein Grund!«
»Das noch nicht. Aber wissen Sie, Herr Lehrer, der T ist entsetzlich wißbegierig, immer möcht er alles genau wissen, wie es wirklich ist, und er hat mir mal gesagt, er möcht es gern sehen, wie einer stirbt.«
»Was?!«
»Ja, er möcht es sehen, wie das vor sich geht – er hat auch immer davon phantasiert, daß er mal zuschauen möcht, wenn ein Kind auf die Welt kommt.«

Ich trete ans Fenster, ich kann momentan nichts reden. Draußen marschieren sie noch immer, die Eltern und die Kinder.
Und es fällt mir plötzlich wieder auf, wieso dieser B hier bei mir ist.
»Warum marschierst du eigentlich nicht mit?« frage ich ihn. »Das ist doch deine Pflicht!«
Er grinst. »Ich habe mich krank gemeldet.«
Unsere Blicke treffen sich. Verstehen wir uns?
»Ich verrate dich nicht«, sage ich.
»Das weiß ich«, sagt er.
Was weißt du? denke ich.
»Ich mag nicht mehr marschieren und das Herumkommandiertwerden kann ich auch nicht mehr ausstehen, da schreit dich ein jeder an, nur weil er zwei Jahre älter ist! Und dann die faden Ansprachen, immer dasselbe, lauter Blödsinn!«
Ich muß lächeln.
»Hoffentlich bist du der einzige in der Klasse, der so denkt!«
»Oh nein! Wir sind schon zu viert!«
Zu viert? Schon?
Und seit wann?
»Erinnern Sie sich, Herr Lehrer, wie Sie damals die Sache über die Neger gesagt haben, noch im Frühjahr vor unserem Zeltlager? Damals haben wir doch alle unterschrieben, daß wir Sie nicht mehr haben wollen – aber ich tats nur unter Druck, denn Sie haben natürlich sehr recht gehabt mit den Negern. Und dann allmählich fand ich noch drei, die auch so dachten.«
»Wer sind denn die drei?«
»Das darf ich nicht sagen. Das verbieten mir unsere Satzungen.«
»Satzungen?«

»Ja, wir haben nämlich einen Klub gegründet. Jetzt sind noch zwei dazugekommen, aber das sind keine Schüler. Der eine ist ein Bäckerlehrling und der andere ein Laufbursch.«
»Einen Klub?«
»Wir kommen wöchentlich zusammen und lesen alles, was verboten ist.«
»Aha!«
Wie sagte Julius Caesar?
Sie lesen heimlich alles, aber nur, um es verspotten zu können.
Ihr Ideal ist der Hohn, es kommen kalte Zeiten.
Und ich frage den B:
»Und dann sitzt ihr beieinander in eurem Klub und spöttelt über alles, was?«
»Oho! Spötteln ist bei uns streng verboten nach Paragraph drei! Es gibt schon solche, die immer nur alles verhöhnen, zum Beispiel der T, aber wir sind nicht so, wir kommen zusammen und besprechen dann alles, was wir gelesen haben.«
»Und?«
»Und dann reden wir halt, wie es sein sollte auf der Welt.«
Ich horche auf.
Wie es sein sollte?
Ich sehe den B an und es fällt mir der Z ein.
Er sagt zum Präsidenten: »Der Herr Lehrer sagt immer nur, wie es auf der Welt sein sollte, und nie, wie es wirklich ist.«
Und ich sehe den T.
Was sagte Eva in der Verhandlung?
»Der N fiel hin. Der fremde Junge beugte sich über den N und betrachtete ihn. Dann schleifte er ihn in den Graben.«

Und was sagte vorhin der B?
»Der T möchte immer nur wissen, wie es wirklich ist.«
Warum?
Nur um alles verhöhnen zu können?
Ja, es kommen kalte Zeiten. –
»Ihnen, Herr Lehrer«, höre ich wieder die Stimme des B, »kann man ja ruhig alles sagen. Drum komme ich jetzt auch mit meinem Verdacht zu Ihnen, um es mit Ihnen zu beraten, was man tun soll.«
»Warum gerade mit mir?«
»Wir haben es gestern im Klub alle gesagt, als wir Ihre Zeugenaussage mit dem Kästchen in der Zeitung gelesen haben, daß Sie der einzige Erwachsene sind, den wir kennen, der die Wahrheit liebt.«

Der Klub greift ein

Heute gehe ich mit dem B zum zuständigen Untersuchungsrichter. Gestern war nämlich sein Büro wegen des Staatsfeiertages geschlossen.
Ich erzähle dem Untersuchungsrichter, daß es der B möglicherweise wüßte, wem jener verlorene Kompaß gehört – doch er unterbricht mich höflich, die Sache mit dem Kompaß hätte sich bereits geklärt. Es wäre einwandfrei festgestellt worden, daß der Kompaß dem Bürgermeister des Dorfes, in dessen Nähe wir unser Zeltlager hatten, gestohlen worden war. Wahrscheinlich hätte ihn das Mädchen verloren, und wenn nicht sie, dann eben einer von ihrer Bande, vielleicht auch schon bei einer früheren Gelegenheit, als er mal an dem damals noch zukünftigen Tatort zufällig vorbeigegangen wäre, denn der Tatort wäre ja in der Nähe der Räuberhöhle gelegen. Der Kompaß spiele keine Rolle mehr.

Wir verabschieden uns also wieder, und der B schneidet ein enttäuschtes Gesicht.
Er spielt keine Rolle mehr? denke ich. Hm, ohne diesen Kompaß wäre doch dieser B niemals zu mir gekommen.
Es fällt mir auf, daß ich anders denke als früher.
Ich erwarte überall Zusammenhänge.
Alles spielt keine Rolle.
Ich fühle ein unbegreifliches Gesetz. –
Auf der Treppe begegnen wir dem Verteidiger.
Er begrüßt mich lebhaft.
»Ich wollte Ihnen bereits schriftlich danken«, sagt er, »denn nur durch Ihre schonungslose und unerschrockene Aussage wurde es mir möglich gemacht, diese Tragödie zu klären!«
Er erwähnt noch kurz, daß der Z von seiner Verliebtheit bereits radikal kuriert sei, und daß das Mädchen hysterische Krämpfe bekommen hätte und nun im Gefängnisspital liege. »Armer Wurm!« fügt er noch rasch hinzu und eilt davon, um neue Tragödien zu klären.
Ich sehe ihm nach.
»Das Mädel tut mir leid«, höre ich plötzlich die Stimme des B.
»Mir auch.«
Wir steigen die Treppen hinab.
»Man müßte ihr helfen«, sagt der B.
»Ja«, sage ich und denke an ihre Augen.
Und an die stillen Seen in den Wäldern meiner Heimat. Sie liegt im Spital.
Und auch jetzt ziehen die Wolken über sie hin, die Wolken mit den silbernen Rändern.
Nickte sie mir nicht zu, bevor sie die Wahrheit sprach? Und was sagte der T? Sie ist die Mörderin, sie will sich nur herauslügen –
Ich hasse den T.

Plötzlich halte ich.
»Ist es wahr«, frage ich den B, »daß ich bei euch den Spitznamen hab: der Fisch?«
»Aber nein! Das sagt nur der T – Sie haben einen ganz anderen!«
»Welchen?«
»Sie heißen: der Neger.«
Er lacht und ich lach mit.
Wir steigen weiter hinab.
Auf einmal wird er wieder ernst.
»Herr Lehrer«, sagt er, »glauben Sie nicht auch, daß es der T war, auch wenn ihm der verlorene Kompaß nicht gehört?«
Ich halte wieder.
Was soll ich sagen?
Soll ich sagen: möglich, vielleicht, unter Umständen –?
Und ich sage:
»Ja. Ich glaube auch, daß er es war.«
Die Augen des B leuchten.
»Er war es auch«, ruft er begeistert, »und wir werden ihn fangen!«
»Hoffentlich!«
»Ich werde im Klub einen Beschluß durchdrücken, daß der Klub dem Mädel helfen soll! Nach Paragraph sieben sind wir ja nicht nur dazu da, um Bücher zu lesen, sondern auch, um danach zu leben.«
Und ich frage ihn: »Was ist denn euer Leitsatz?«
»Für Wahrheit und Gerechtigkeit!«
Er ist ganz außer sich vor Tatendrang.
Der Klub wird den T beobachten, auf Schritt und Tritt, Tag und Nacht, und wird mir jeden Tag Bericht erstatten.
»Schön«, sage ich und muß lächeln.
Auch in meiner Kindheit spielten wir Indianer.
Aber jetzt ist der Urwald anders.
Jetzt ist er wirklich da.

Zwei Briefe

Am nächsten Morgen bekomme ich einen entsetzten Brief von meinen Eltern. Sie sind ganz außer sich, daß ich meinen Beruf verlor. Ob ich denn nicht an sie gedacht hätte, als ich ganz überflüssig die Sache mit dem Kästchen erzählte, und warum ich sie denn überhaupt erzählt hätte?!

Ja, ich habe an euch gedacht. Auch an euch.

Beruhigt euch nur, wir werden schon nicht verhungern!

»Wir haben die ganze Nacht nicht geschlafen«, schreibt meine Mutter, »und haben über Dich nachgedacht.«

So?

»Mit was haben wir das verdient?« fragt mein Vater. Er ist ein pensionierter Werkmeister und ich muß jetzt an Gott denken.

Ich glaube, er wohnt noch immer nicht bei ihnen, obwohl sie jeden Sonntag in die Kirche gehen.

Ich setze mich und schreibe meinen Eltern.

»Liebe Eltern! Macht Euch keine Sorgen, Gott wird schon helfen« –

Ich stocke. Warum?

Sie wußten es, daß ich nicht an ihn glaubte, und jetzt werden sie denken: schau, jetzt schreibt er von Gott, weil es ihm schlecht geht!

Aber das soll niemand denken!

Nein, ich schäme mich –

Ich zerreiße den Brief.

Ja, ich bin noch stolz!

Und den ganzen Tag über will ich meinen Eltern schreiben.

Aber ich tu es nicht.

Immer wieder fange ich an, aber ich bringe es nicht über das Herz, das Wort Gott niederzuschreiben.

Der Abend kommt, und ich bekomme plötzlich wieder Angst vor meiner Wohnung.
Sie ist so leer.
Ich gehe fort.
Ins Kino?
Nein.
Ich gehe in die Bar, die nicht teuer ist.
Dort treffe ich Julius Caesar, es ist sein Stammlokal.
Er freut sich ehrlich, mich zu sehen.
»Es war anständig von Ihnen, das mit dem Kästchen zu sagen, hochanständig! Ich hätts nicht gesagt! Respekt, Respekt!«
Wir trinken und sprechen über den Prozeß.
Ich erzähle vom Fisch –
Er hört mir aufmerksam zu.
»Natürlich ist der Fisch derjenige«, meint er. Und dann lächelt er: »Wenn ich Ihnen behilflich sein kann, ihn zu fangen, stehe ich Ihnen gerne zur Verfügung, denn auch ich habe meine Verbindungen –«
Ja, die hat er allerdings.
Immer wieder wird unser Gespräch gestört. Ich sehe, daß Julius Caesar ehrfürchtig gegrüßt wird, viele kommen zu ihm und holen sich Rat, denn er ist ein wissender und weiser Mann.
Es ist alles Unkraut.
Ave Caesar, morituri te salutant!
Und in mir erwacht plötzlich die Sehnsucht nach der Verkommenheit. Wie gerne möchte ich auch einen Totenkopf als Krawattennadel haben, den man illuminieren kann!
»Passen Sie auf Ihren Brief auf!« ruft mir Caesar zu. »Er fällt Ihnen aus der Tasche!«
Ach so, der Brief!
Caesar erklärt gerade einem Fräulein die neuen Paragraphen des Gesetzes für öffentliche Sittlichkeit.

Ich denke an Eva.
Wie wird sie aussehen, wenn sie so alt sein wird wie dieses Fräulein?
Wer kann ihr helfen?
Ich setze mich an einen anderen Tisch und schreibe meinen Eltern.
»Macht Euch keine Sorgen, Gott wird schon helfen!« Und ich zerreiße den Brief nicht wieder.
Oder schrieb ich ihn nur, weil ich getrunken habe?
Egal!

Herbst

Am nächsten Tag überreicht mir meine Hausfrau ein Kuvert, ein Laufbursche hätte es abgegeben.
Es ist ein blaues Kuvert, ich erbreche es und muß lächeln.
Die Überschrift lautet:
»Erster Bericht des Klubs.«
Und dann steht da:
»Nichts Besonderes vermerkt.«
Jaja, der brave Klub! Er kämpft für Wahrheit und Gerechtigkeit, kann aber nichts Besonderes vermerken!
Auch ich vermerke nichts.
Was soll man nur tun, damit sie nicht verurteilt wird?
Immer denke ich an sie –
Liebe ich denn das Mädel?
Ich weiß es nicht.
Ich weiß nur, daß ich ihr helfen möchte –
Ich hatte viele Weiber, denn ich bin kein Heiliger und die Weiber sind auch keine Heiligen.
Aber nun liebe ich anders.
Bin ich denn nicht mehr jung?

Ist es das Alter?
Unsinn! Es ist doch noch Sommer.
Und ich bekomme jeden Tag ein blaues Kuvert: zweiter, dritter, vierter Bericht des Klubs.
Es wird nichts Besonderes vermerkt.
Und die Tage vergehen –
Die Äpfel sind schon reif und nachts kommen die Nebel.
Das Vieh kehrt heim, das Feld ist kahl –
Ja, es ist noch Sommer, aber man wartet schon auf den Schnee.
Ich möchte ihr helfen, damit sie nicht friert.
Ich möchte ihr einen Mantel kaufen, Schuhe und Wäsche.
Sie braucht es nicht vor mir auszuziehen –
Ich möchte nur wissen, ob der Schnee kommen kann.
Noch ist alles grün.
Aber sie muß nicht bei mir sein.
Wenns ihr nur gut geht.

Besuch

Heute vormittag bekam ich Besuch. Ich habe ihn nicht sogleich wiedererkannt, es war der Pfarrer, mit dem ich mich mal über die Ideale der Menschheit unterhalten hatte.
Er trat ein und trug Zivil, dunkelgraue Hose und einen blauen Rock. Ich stutzte. Ist er weggelaufen?
»Sie wundern sich«, lächelt er, »daß ich Zivil trage, aber das trage ich meistens, denn ich stehe zu einer besonderen Verfügung – kurz und gut: meine Strafzeit ist vorbei, doch reden wir mal von Ihnen! Ich habe Ihre tapfere Aussage in den Zeitungen gelesen und wäre schon früher erschienen, aber ich mußte mir erst Ihre Adresse beschaffen. Übri-

gens: Sie haben sich stark verändert, ich weiß nicht wieso, aber irgendwas ist anders geworden. Richtig, Sie sehen viel heiterer aus!«

»Heiterer?«

»Ja. Sie dürfen auch froh sein, daß Sie das mit dem Kästchen gesagt haben, auch wenn Sie jetzt die halbe Welt verleumdet. Ich habe oft an Sie gedacht, obwohl oder weil Sie mir damals sagten, Sie glaubten nicht an Gott. Inzwischen werden Sie ja wohl angefangen haben, etwas anders über Gott zu denken –«

Was will er? denke ich und betrachte ihn mißtrauisch.

»Ich hätte Ihnen etwas Wichtiges mitzuteilen, aber zunächst beantworten Sie mir, bitte, zwei Fragen. Also erstens: Sie sind sich wohl im klaren darüber, daß Sie, selbst wenn die Staatsanwaltschaft das Verfahren gegen Sie niederschlagen sollte, nie wieder an irgendeiner Schule dieses Landes unterrichten werden?«

»Ja, darüber war ich mir schon im klaren, bevor ich die Aussage machte.«

»Das freut mich! Und nun zweitens: wovon wollen Sie jetzt leben? Ich nehme an, daß Sie keine Sägewerksaktien besitzen, da Sie sich ja damals so heftig für die Heimarbeiter einsetzten, für die Kinder in den Fenstern – erinnern Sie sich?«

Ach, die Kinder in den Fenstern! Die hatte ich ja ganz vergessen!

Und das Sägewerk, das nicht mehr sägt –

Wie weit liegt das alles zurück!

Wie in einem anderen Leben – –

Und ich sage: »Ich habe nichts. Und ich muß auch meine Eltern unterstützen.«

Er sieht mich groß an und sagt dann nach einer kleinen Pause: »Ich hätte eine Stellung für Sie.«

»Was?! Eine Stellung?!«

»Ja, aber in einem anderen Land.«
»Wo?«
»In Afrika.«
»Bei den Negern?« Es fällt mir ein, daß ich »der Neger« heiße, und ich muß lachen.
Er bleibt ernst.
»Warum finden Sie das so komisch? Neger sind auch nur Menschen!«
Wem erzählen Sie das? möchte ich ihn fragen, aber ich sage nichts dergleichen, sondern höre es mir an, was er mir vorschlägt: ich könnte Lehrer werden, und zwar in einer Missionsschule.
»Ich soll in einen Orden eintreten?«
»Das ist nicht notwendig.«
Ich überlege. Heute glaube ich an Gott, aber ich glaube nicht daran, daß die Weißen die Neger beglücken, denn sie bringen ihnen Gott als schmutziges Geschäft.
Und ich sage es ihm.
Er bleibt ganz ruhig.
»Das hängt lediglich von Ihnen ab, ob Sie Ihre Sendung mißbrauchen, um schmutzige Geschäfte machen zu können.«
Ich horche auf.
Sendung?
»Jeder Mensch hat eine Sendung«, sagt er.
Richtig!
Ich muß einen Fisch fangen.
Und ich sage dem Pfarrer, ich werde nach Afrika fahren, aber nur dann, wenn ich das Mädchen befreit haben werde.
Er hört mir aufmerksam zu.
Dann sagt er:
»Wenn Sie glauben zu wissen, daß der fremde Junge es tat, dann müssen Sie es seiner Mutter sagen. Die Mutter muß alles hören. Gehen Sie gleich zu ihr hin« —

Die Endstation

Ich fahre zur Mutter des T.
Der Pedell im Gymnasium gab mir die Adresse. Er verhielt sich sehr reserviert, denn ich hätte ja das Haus nicht betreten dürfen.
Ich werde es nie mehr betreten, ich fahre nach Afrika.
Jetzt sitze ich in der Straßenbahn.
Ich muß bis zur Endstation.
Die schönen Häuser hören allmählich auf und dann kommen die häßlichen. Wir fahren durch arme Straßen und erreichen das vornehme Villenviertel.
»Endstation!« ruft der Schaffner. »Alles aussteigen!«
Ich bin der einzige Fahrgast.
Die Luft ist hier bedeutend besser als dort, wo ich wohne.
Wo ist Nummer dreiundzwanzig?
Die Gärten sind gepflegt. Hier gibts keine Gartenzwerge. Kein ruhendes Reh und keinen Pilz.
Endlich hab ich dreiundzwanzig.
Das Tor ist hoch und das Haus ist nicht zu sehen, denn der Park ist groß.
Ich läute und warte.
Der Pförtner erscheint, ein alter Mann. Er öffnet das Gitter nicht.
»Sie wünschen?«
»Ich möchte Frau T sprechen.«
»In welcher Angelegenheit?«
»Ich bin der Lehrer ihres Sohnes.«
»Sofort!«
Er öffnet das Gitter.
Wir gehen durch den Park.
Hinter einer schwarzen Tanne erblicke ich das Haus.
Fast ein Palast.

Ein Diener erwartet uns bereits und der Pförtner übergibt mich dem Diener: »Der Herr möchte die gnädige Frau sprechen, er ist der Lehrer des jungen Herrn.«
Der Diener verbeugt sich leicht.
»Das dürfte leider seine Schwierigkeiten haben«, meint er höflich, »denn gnädige Frau haben soeben Besuch.«
»Ich muß sie aber dringend sprechen in einer sehr wichtigen Angelegenheit!«
»Könnten Sie sich nicht für morgen anmelden?«
»Nein. Es dreht sich um ihren Sohn.«
Er lächelt und macht eine winzige wegwerfende Geste.
»Auch für ihren Sohn haben gnädige Frau häufig keine Zeit. Auch der junge Herr muß sich meist anmelden lassen.«
»Hören Sie«, sage ich und schaue ihn böse an, »melden Sie mich sofort oder Sie tragen die Verantwortung!«
Er starrt mich einen Augenblick entgeistert an, dann verbeugt er sich wieder leicht: »Gut, versuchen wir es mal. Darf ich bitten! Verzeihung, daß ich vorausgehe!«
Ich betrete das Haus.
Wir gehen durch einen herrlichen Raum und dann eine Treppe empor in den ersten Stock.
Eine Dame kommt die Treppen herab, der Diener grüßt und sie lächelt ihn an. Und auch mich.
Die kenne ich doch? Wer ist denn das?
Wir steigen weiter empor.
»Das war die Filmschauspielerin X«, flüstert mir der Diener zu.
Ach ja, richtig!
Die hab ich erst unlängst gesehen. Als Fabrikarbeiterin, die den Fabrikdirektor heiratet.
Sie ist die Freundin des Oberplebejers.
Dichtung und Wahrheit!
»Sie ist eine göttliche Künstlerin«, stellt der Diener fest, und nun erreichen wir den ersten Stock.

Eine Tür ist offen, und ich höre Frauen lachen. Sie müssen im dritten Zimmer sitzen, denke ich. Sie trinken Tee.
Der Diener führt mich links in einen kleinen Salon und bittet, Platz zu nehmen, er würde alles versuchen, bei der ersten passenden Gelegenheit.
Dann schließt er die Türe, ich bleibe allein und warte. Es ist noch früh am Nachmittag, aber die Tage werden kürzer.
An den Wänden hängen alte Stiche. Jupiter und Jo. Amor und Psyche. Marie Antoinette.
Es ist ein rosa Salon mit viel Gold.
Ich sitze auf einem Stuhl und sehe die Stühle um den Tisch herum stehen. Wie alt seid ihr? Bald zweihundert Jahre – Wer saß schon alles auf euch?
Leute, die sagten: morgen sind wir bei Marie Antoinette zum Tee.
Leute, die sagten: morgen gehen wir zur Hinrichtung der Marie Antoinette.
Wo ist jetzt Eva?
Hoffentlich noch im Spital, dort hat sie wenigstens ein Bett.
Hoffentlich ist sie noch krank.
Ich trete ans Fenster und schaue hinaus.
Die schwarze Tanne wird immer schwärzer, denn es dämmert bereits.
Ich warte.
Endlich öffnet sich langsam die Türe.
Ich drehe mich um, denn nun kommt die Mutter des T.
Wie sieht sie aus?
Ich bin überrascht.
Es steht nicht die Mutter vor mir, sondern der T.
Er selbst.
Er grüßt höflich und sagt:

»Meine Mutter ließ mich rufen, als sie hörte, daß Sie da sind, Herr Lehrer. Sie hat leider keine Zeit.«
»So? Und wann hat sie denn Zeit?«
Er zuckt müde die Achsel: »Das weiß ich nicht. Sie hat eigentlich nie Zeit.«
Ich betrachte den Fisch.
Seine Mutter hat keine Zeit. Was hat sie denn zu tun? Sie denkt nur an sich.
Und ich muß an den Pfarrer denken und an die Ideale der Menschheit.
Ist es wahr, daß die Reichen immer siegen?
Wird der Wein nicht zu Wasser?
Und ich sage zum T: »Wenn deine Mutter immer zu tun hat, dann kann ich vielleicht mal deinen Vater sprechen?«
»Vater? Aber der ist doch nie zu Haus! Er ist immer unterwegs, ich seh ihn kaum. Er leitet ja einen Konzern.«
Einen Konzern?
Ich sehe ein Sägewerk, das nicht mehr sägt.
Die Kinder sitzen in den Fenstern und bemalen die Puppen. Sie sparen das Licht, denn sie haben kein Licht.
Und Gott geht durch alle Gassen.
Er sieht die Kinder und das Sägewerk.
Und er kommt.
Er steht draußen vor dem hohen Tore.
Der alte Pförtner läßt ihn nicht ein.
»Sie wünschen?«
»Ich möchte die Eltern T sprechen.«
»In welcher Angelegenheit?«
»Sie wissen es schon.«
Ja, sie wissen es schon, aber sie erwarten ihn nicht. –
»Was wollen Sie eigentlich von meinen Eltern?« höre ich plötzlich die Stimme des T.
Ich blicke ihn an.

Jetzt wird er lächeln, denke ich.
Aber er lächelt nicht mehr. Er schaut nur.
Ahnt er, daß er gefangen wird?
Seine Augen haben plötzlich Glanz.
Die Schimmer des Entsetzens.
Und ich sage: »Ich wollte mit deinen Eltern über dich sprechen, aber leider haben sie keine Zeit.«
»Über mich?«
Er grinst.
Ganz leer.
Da steht der Wißbegierige, wie ein Idiot.
Jetzt scheint er zu lauschen.
Was fliegt um ihn?
Was hört er?
Die Flügel der Verblödung?
Ich eile davon.

Der Köder

Zu Hause liegt wieder ein blaues Kuvert. Aha, der Klub!
Sie werden wieder nichts vermerkt haben – Ich öffne und lese:
»Achter Bericht des Klubs. Gestern nachmittag war der T im Kristall-Kino. Als er das Kino verließ, sprach er mit einer eleganten Dame, die er drinnen getroffen haben mußte. Er ging dann mit der Dame in die Y-Straße Nummer 67. Nach einer halben Stunde erschien er mit ihr wieder im Haustor und verabschiedete sich von ihr. Er ging nach Hause. Die Dame sah ihm nach, schnitt eine Grimasse und spuckte ostentativ aus. Es ist möglich, daß es keine Dame war. Sie war groß und blond, hatte einen dunkelgrünen Mantel und einen roten Hut. Sonst wurde nichts vermerkt.«

Ich muß grinsen.
Ach, der T wird galant – aber das interessiert mich nicht.
Warum schnitt sie eine Grimasse?
Natürlich war sie keine Dame, doch warum spuckte sie ostentativ aus?
Ich geh mal hin und frage sie.
Denn ich will jetzt jede Spur verfolgen, jede winzigste, unsinnigste –
Wenn er nicht anbeißt, wird man ihn wohl mit einem Netz fangen müssen, mit einem Netz aus feinsten Maschen, durch die er nicht schlüpfen kann.
Ich gehe in die Y-Straße 67 und frage die Hausmeisterin nach einer blonden Dame –
Sie unterbricht mich sofort: »Das Fräulein Nelly wohnt Tür siebzehn.«
In dem Hause wohnen kleine Leute, brave Bürger. Und ein Fräulein Nelly.
Ich läute an Tür siebzehn.
Eine Blondine öffnet und sagt: »Servus. Komm nur herein!«
Ich kenne sie nicht.
Im Vorzimmer hängt der dunkelgrüne Mantel, auf dem Tischchen liegt der rote Hut. Sie ist es.
Jetzt wird sie böse werden, daß ich nur wegen einer Auskunft komme. Ich verspreche ihr also ihr Honorar, wenn sie mir antwortet. Sie wird nicht böse, sondern mißtrauisch. Nein, ich bin kein Polizist, versuche ich zu beruhigen, ich möchte ja nur wissen, warum sie gestern hinter dem Jungen her ausgespuckt hat?
»Zuerst das Geld«, antwortet sie.
Ich gebe es ihr.
Sie macht sichs auf dem Sofa bequem und bietet mir eine Zigarette an.
Wir rauchen.

»Ich rede nicht gern darüber«, sagt sie.
Sie schweigt noch immer.
Plötzlich legt sie los: »Warum ich ausgepuckt hab, ist bald erklärt: es war eben einfach zu ekelhaft! Widerlich!«
Sie schüttelt sich.
»Wieso?«
»Stellen Sie sich vor, er hat dabei gelacht!«
»Gelacht?«
»Es ist mir ganz kalt heruntergelaufen und dann bin ich so wild geworden, daß ich ihm eine Ohrfeige gegeben hab! Da ist er gleich vor den Spiegel gerannt und hat gesagt: es ist nicht rot! Immer hat er nur beobachtet, beobachtet! Wenns nach mir ging, würd ich ja diesen Kerl nie mehr anrühren, aber leider werde ich nochmal das Vergnügen haben müssen –«
»Nochmal? Wer zwingt Sie denn dazu?«
»Zwingen lass ich mich nie, nicht die Nelly! Aber ich erweise damit jemand einen freiwilligen Gefallen, wenn ich mich mit dem Ekel noch einmal einlaß – ich muß sogar so tun, als wär ich in ihn verliebt!«
»Sie erweisen damit jemandem einen Gefallen?«
»Ja, weil ich eben diesem jemand auch sehr zu Dank verpflichtet bin.«
»Wer ist das?«
»Nein, das darf ich nicht sagen! Das sagt die Nelly nicht! Ein fremder Herr.«
»Aber was will denn dieser fremde Herr?«
Sie sieht mich groß an und sagt dann langsam:
»Er will einen Fisch fangen.«
Ich schnelle empor und schreie: »Was?! Einen Fisch?!«
Sie erschrickt sehr.
»Was ist Ihnen?« fragt sie und drückt rasch ihre Zigarette aus. »Nein-nein, jetzt spricht die Nelly kein Wort mehr!

Mir scheint, Sie sind ein Verrückter! Gehen wir, gehen wir! Pa, adieu!«
Ich gehe und torkle fast, ganz wirr im Kopf.
Wer fängt den Fisch?
Was ist los?
Wer ist dieser fremde Herr?

Im Netz

Als ich nach Hause komme, empfängt mich meine Hausfrau besorgt. »Es ist ein fremder Herr hier«, sagt sie, »er wartet auf Sie schon seit einer halben Stunde und ich hab Angst, etwas an ihm stimmt nämlich nicht.
Er sitzt im Salon.«
Ein fremder Herr?
Ich betrete den Salon.
Es ist Abend geworden und er sitzt im Dunklen.
Ich mache Licht.
Ach, Julius Caesar!
»Endlich!« sagt er und illuminiert seinen Totenkopf.
»Jetzt spitzen Sie aber Ihre Ohren, Kollega!«
»Was gibts denn?«
»Ich habe den Fisch.«
»Was?!«
»Ja. Er schwimmt schon um den Köder herum, immer näher – heut nacht beißt er an! Kommen Sie, wir müssen rasch hin, der Apparat ist schon dort, höchste Zeit!«
»Was für ein Apparat?«
»Werd Ihnen alles erklären!«
Wir gehen rasch fort.
»Wohin?«
»In die Lilie!«
»In wohin?«

»Wie sag ichs meinem Kinde? Die Lilie ist ein ordinäres Animierlokal!«
Er geht sehr rasch und es beginnt zu regnen.
»Regen ist gut«, sagt er, »bei Regen beißen sie eher an.«
Er lacht.
»Hören Sie«, schreie ich ihn an, »was haben Sie vor!«
»Ich erzähl alles, sowie wir sitzen! Kommen Sie, wir werden naß!«
»Aber wie kommen Sie dazu, den Fisch zu fangen und mir nichts zu sagen?!«
»Ich wollte Sie überraschen, lassen Sie mir die Freud!«
Plötzlich bleibt er stehen, obwohl es jetzt stark regnet und er große Eile hat.
Er sieht mich sonderbar an und sagt dann langsam:
»Sie fragen«, und mir ists, als betonte er jedes Wort, »Sie fragen mich, warum ich den Fisch fange? Sie haben mir doch davon erzählt, vor ein paar Tagen – erinnern Sie sich? Sie haben sich dann an einen anderen Tisch gesetzt und es fiel mir plötzlich auf, wie traurig Sie sind wegen dem Mädel, und da war es mir so, daß ich Ihnen helfen muß. Erinnern Sie sich, wie Sie dort an dem Tisch gesessen sind – ich glaube, Sie schrieben einen Brief.«
Einen Brief?!
Ja, richtig! Den Brief an meine Eltern!
Als ich es endlich über mich brachte: »Gott wird schon helfen« –
Ich wanke.
»Was ist Ihnen? Sie sind ja ganz blaß?« höre ich Caesars Stimme.
»Nichts, nichts!«
»Höchste Zeit, daß Sie einen Schnaps bekommen!«
Vielleicht!

Es regnet und das Wasser wird immer mehr.
Mich schaudert.
Einen winzigen Augenblick lang sah ich das Netz.

Der N

Die Lilie ist kaum zu finden, so finster ist die ganze Umgebung.
Drinnen ist es nicht viel heller.
Aber wärmer und es regnet wenigstens nicht herein.
»Die Damen sind schon da«, empfängt uns die Besitzerin und deutet auf die dritte Loge.
»Bravo!« sagt Caesar und wendet sich zu mir: »Die Damen sind nämlich meine Köder. Die Regenwürmer, gewissermaßen.«
In der dritten Loge sitzt das Fräulein Nelly mit einer dicken Kellnerin.
Nelly erkennt mich sogleich, schweigt jedoch aus Gewohnheit.
Sie lächelt nur sauer.
Caesar hält perplex.
»Wo ist der Fisch?« fragt er hastig.
»Er ist nicht erschienen«, sagt die Dicke. Es klingt so traurig monoton.
»Er hat mich sitzenlassen«, meint Nelly und lächelt süß.
»Zwei Stunden hat sie vor dem Kino gewartet«, nickt die Dicke resigniert.
»Zweieinhalb«, korrigiert Nelly und lächelt plötzlich nicht mehr. »Ich bin froh, daß das Ekel nicht gekommen ist.«
»Na sowas«, meint Caesar und stellt mich den Damen vor: »Ein ehemaliger Kollege.«

Die Dicke mustert mich, und das Fräulein Nelly blickt in die Luft. Sie richtet ihren Büstenhalter.
Wir setzen uns.
Der Schnaps brennt und wärmt.
Wir sind die einzigen Gäste.
Die Besitzerin setzt sich die Brille auf und liest die Zeitung. Sie beugt sich über die Bar und es sieht aus, als würde sie sich die Ohren zuhalten.
Sie weiß von nichts und möchte auch von nichts wissen.
Wieso sind die beiden Damen Regenwürmer?
»Was geht hier eigentlich vor sich?« frage ich Caesar.
Er beugt sich ganz nahe zu mir: »Ich wollte Sie ursprünglich eigentlich vorher gar nicht einweihen, verehrter Kollega, denn es ist und bleibt eine ordinäre Geschichte und Sie sollten nichts damit zu tun haben, aber dann dachte ich, es könnt vielleicht doch nichts schaden, wenn wir noch einen Zeugen hätten. Wir drei, die beiden Damen und ich, wollten nämlich die Tat rekonstruieren.«
»Rekonstruieren?!«
»Gewissermaßen.«
»Aber wieso denn?!«
»Wir wollten, daß der Fisch den Mord wiederholt.«
»Wiederholt?!«
»Ja. Und zwar nach einem altbewährten genialen Plan. Ich wollte nämlich die ganze Affäre in einem Bett rekonstruieren.«
»In einem Bett?!«
»Passen Sie auf, Kollega«, nickt er mir zu und illuminiert seinen Totenkopf, »das Fräulein Nelly sollte den Fisch vor dem Kino erwarten, denn er meint nämlich, daß sie ihn liebt.«
Er lacht.
Aber das Fräulein Nelly lacht nicht mit. Sie schneidet nur eine Grimasse und spuckt aus.

»Spuck hier nicht herum!« grinst die Dicke.
»Das freie Ausspucken ist behördlich verboten!«
»Die Behörde darf mich«, beginnt Nelly.
»Also nur keine Politik!« fällt ihr Caesar ins Wort und wendet sich wieder mir zu: »Hier in dieser Loge sollte unser lieber Fisch besoffen gemacht werden, bis er nicht mehr hätt schwimmen können, so daß man ihn sogar mit der Hand hätt fangen können – dann wären die beiden Damen mit ihm dort hinten durch die Tapetentür aufs Zimmer gegangen. Und hierauf hätte sich folgerichtig und logischerweise folgendes entwickelt:
Der Fisch wäre eingeschlafen.
Die Nelly hätte sich auf den Boden gelegt und dies rundliche Kind hätte sie mit einem Leintuch zugedeckt, ganz und gar, als wär sie eine Leiche.
Dann hätt sich meine liebe Rundliche auf den schlafenden Fisch gestürzt und hätt gellend geschrien: ›Was hast du getan?! Menschenskind, was hast du getan?!‹
Und ich wär ins Zimmer getreten und hätt gesagt: ›Polizei!‹ und hätts ihm auf den Kopf zugesagt, daß er in seinem Rausch die Nelly erschlagen hat, genau so wie seinerzeit den anderen – wir hätten eine große Szene aufgeführt und ich hätt ihm auch ein paar Ohrfeigen gegeben – ich wette, Kollega, er hätt sich verraten! Und wenns auch nur ein Wörtchen gewesen wär, ich hätt ihn aufs Land gezogen, ich schon!«
Ich muß lächeln.
Er sieht mich an, fast unwillig.
»Sie haben recht«, sagt er, »der Mensch denkt und Gott lenkt – wenn wir uns ärgern, daß einer nicht anbeißt, dann zappelt er vielleicht schon im Netz.«
Es durchzuckt mich.
Im Netz?!
»Lächeln Sie nur«, höre ich Caesar, »Sie reden ja immer

nur von dem unschuldigen Mädel, aber ich denk auch an den toten Jungen!«
Ich horche auf.
An den toten Jungen?
Ach so, der N – den hab ich ja ganz vergessen. –
Ich dachte an alle, alle – sogar an seine Eltern denke ich manchmal, wenn auch nicht gerade liebevoll – aber nie an ihn, nie, er fiel mir gar nicht mehr ein.
Ja, dieser N!
Der erschlagen worden war. Mit einem Stein.
Den es nicht mehr gibt.

Das Gespenst

Ich verlasse die Lilie.
Ich gehe rasch heim, und die Gedanken an den N, den es nicht mehr gibt, lassen mich nicht los.
Sie begleiten mich in mein Zimmer, in mein Bett.
Ich muß schlafen! Ich will schlafen!
Aber ich schlafe nicht ein –
Immer wieder höre ich den N: »Sie haben es ja ganz vergessen, Herr Lehrer, daß Sie mitschuldig sind an meiner Ermordung. Wer hat denn das Kästchen erbrochen – ich oder Sie? Hatte ich Sie denn damals nicht gebeten: Helfen Sie mir, Herr Lehrer, ich habs nämlich nicht getan – aber Sie wollten einen Strich durch eine Rechnung ziehen, einen dicken Strich – ich weiß, ich weiß, es ist vorbei!«
Ja, es ist vorbei.
Die Stunden gehen, die Wunden stehen.
Immer rascher werden die Minuten –
Sie laufen an mir vorbei.
Bald schlägt die Uhr.

»Herr Lehrer«, höre ich wieder den N, »erinnern Sie sich an eine Geschichtsstunde im vorigen Winter. Wir waren im Mittelalter und da erzählten Sie, daß der Henker, bevor er zur Hinrichtung schritt, den Verbrecher immer um Verzeihung bat, daß er ihm nun ein großes Leid antun müsse, denn eine Schuld kann nur durch Schuld getilgt werden.«
Nur durch Schuld?
Und ich denke: bin ich ein Henker?
Muß ich den T um Verzeihung bitten?
Und ich werd die Gedanken nicht mehr los –
Ich erhebe mich –
»Wohin?«
»Am liebsten weg, gleich weit weg –«
»Halt!«
Er steht vor mir, der N.
Ich komm durch ihn nicht durch.
Ich mag ihn nicht mehr hören!
Er hat keine Augen, aber er läßt mich nicht aus den Augen.
Ich mache Licht und betrachte den Lampenschirm.
Er ist voll Staub.
Immer muß ich an den T denken.
Er schwimmt um den Köder – oder?
Plötzlich fragt der N:
»Warum denken Sie nur an sich?«
»An mich?«
»Sie denken immer nur an den Fisch. Aber der Fisch, Herr Lehrer, und Sie, das ist jetzt ein und dasselbe.«
»Dasselbe?!«
»Sie wollen ihn doch fangen – nicht?«
»Ja, gewiß – also wieso sind ich und er ein und dasselbe?«
»Sie vergessen den Henker, Herr Lehrer – den Henker, der

den Mörder um Verzeihung bittet. In jener geheimnisvollen Stunde, da eine Schuld durch eine andere Schuld getilgt wird, verschmilzt der Henker mit dem Mörder zu einem Wesen, der Mörder geht gewissermaßen im Henker auf – begreifen Sie mich, Herr Lehrer?«
Ja, ich fange allmählich an zu begreifen –
Nein, jetzt will ich nichts mehr wissen!
Hab ich Angst?
»Sie sind noch imstand und lassen ihn wieder schwimmen«, höre ich den N. »Sie beginnen ja sogar schon, ihn zu bedauern –«
Richtig, seine Mutter hat für mich keine Zeit –
»Sie sollen aber auch an meine Mutter denken, Herr Lehrer, und vor allem an mich! Auch wenn Sie nun den Fisch nicht meinetwegen, sondern nur wegen des Mädels fangen, wegen eines Mädels, an das Sie gar nicht mehr denken –«
Ich horche auf.
Er hat recht, ich denke nicht an sie –
Schon seit vielen Stunden.
Wie sieht sie denn nur aus?
Es wird immer kälter.
Ich kenne sie ja kaum –
Gewiß, gewiß, ich sah sie schon mal ganz, aber das war im Mond und die Wolken deckten die Erde zu – doch was hat sie nur für Haare? Braun oder blond?
Komisch, ich weiß es nicht.
Ich friere.
Alles schwimmt davon –
Und bei Gericht?
Ich weiß nur noch: wie sie mir zunickte, bevor sie die Wahrheit sagte, aber da fühlte ich, ich muß für sie da sein.
Der N horcht auf.
»Sie nickte Ihnen zu?«

»Ja.«
Und ich muß an ihre Augen denken.
»Aber Herr Lehrer, sie hat doch keine solchen Augen! Sie hat ja kleine, verschmitzte, unruhige, immer schaut sie hin und her, richtige Diebsaugen!«
»Diebsaugen?«
»Ja.«
Und plötzlich wird er sonderbar feierlich.
»Die Augen, Herr Lehrer, die Sie anschauten, waren nicht die Augen des Mädels. Das waren andere Augen.«
»Andere?«
»Ja.«

Das Reh

Mitten in der Nacht höre ich die Hausglocke.
Wer läutet da?
Oder habe ich mich getäuscht?
Nein, jetzt läutet es wieder!
Ich springe aus dem Bett, zieh mir den Morgenrock an und eile aus dem Zimmer. Dort steht bereits meine Hausfrau, verschlafen und wirr.
»Wer kommt denn da?« fragt sie besorgt.
»Wer ist da?« rufe ich durch die Türe.
»Kriminalpolizei!«
»Jesus Maria!« schreit die Hausfrau und wird sehr entsetzt. »Was habens denn angestellt, Herr Lehrer?«
»Ich? Nichts!«
Die Polizei tritt ein – zwei Kommissare. Sie fragen nach mir.
Jawohl, ich bin es.
»Wir wollen nur eine Auskunft. Ziehen Sie sich gleich an. Sie müssen mit!«

»Wohin?«
»Später!«
Ich ziehe mich überstürzt an – was ist geschehen?!
Dann sitz ich im Auto. Die Kommissare schweigen noch immer.
Wohin fahren wir?
Die schönen Häuser hören allmählich auf und dann kommen die häßlichen. Es geht durch die armen Straßen und wir erreichen das vornehme Villenviertel.
Ich bekomme Angst.
»Meine Herren«, sage ich, »was ist denn geschehen in Gottes Namen?!«
»Später!«
Hier ist die Endstation, wir fahren weiter.
Ja, jetzt weiß ich, wohin die Reise geht –
Das hohe Tor ist offen, wir fahren hindurch, es meldet uns niemand an.
In der Halle sind viele Menschen.
Ich erkenne den Pförtner und auch den Diener, der mich in den rosa Salon führte.
An einem Tische sitzt ein hoher polizeilicher Funktionär.
Und ein Protokollführer.
Alle blicken mich forschend und feindselig an.
Was hab ich denn verbrochen?
»Treten Sie näher«, empfängt mich der Funktionär.
Ich trete näher.
Was will man von mir?
»Wir müssen einige Fragen an Sie richten. Sie wollten doch gestern nachmittag die gnädige Frau sprechen –« er deutet nach rechts.
Ich blicke hin.
Dort sitzt eine Dame. In einem großen Abendkleid. Elegant und gepflegt – ach, die Mutter des T!
Sie starrt mich haßerfüllt an.

Warum?
»So antworten Sie doch!« höre ich den Funktionär.
»Ja«, sage ich, »ich wollte die gnädige Frau sprechen, aber sie hatte leider keine Zeit für mich.«
»Und was wollten Sie ihr erzählen?«
Ich stocke – aber es hat keinen Sinn!
Nein, ich will nicht mehr lügen!
Ich sah ja das Netz –
»Ich wollte der gnädigen Frau nur sagen«, beginne ich langsam, »daß ich einen bestimmten Verdacht auf ihren Sohn habe –«
Ich komme nicht weiter, die Mutter schnellt empor.
»Lüge!« kreischt sie. »Alles Lüge! Nur er hat die Schuld, nur er! Er hat meinen Sohn in den Tod getrieben! Er, nur er!«
Ich wanke.
In den Tod?!
»Was ist denn los?!« schreie ich.
»Ruhe!« herrscht mich der Funktionär an.
Und nun erfahre ich, daß der Fisch ins Netz geschwommen ist. Er wurde bereits ans Land gezogen und zappelt nicht mehr. Es ist aus.
Als die Mutter vor einer Stunde heimkam, fand sie einen Zettel auf ihrem Toilettentisch. »Der Lehrer trieb mich in den Tod«, stand auf dem Zettel.
Die Mutter lief in das Zimmer des T hinauf – der T war verschwunden. Sie alarmierte das Haus. Man durchstöberte alles und fand nichts. Man durchsuchte den Park, rief »T!« und immer wieder »T!« – keine Antwort.
Endlich wurde er entdeckt. In der Nähe eines Grabens. Dort hatte er sich erhängt.
Die Mutter sieht mich an.
Sie weint nicht.
Sie kann nicht weinen, geht es mir durch den Sinn.
Der Funktionär zeigt mir den Zettel.

Ein abgerissenes Stück Papier.
Ohne Unterschrift.
Vielleicht schrieb er noch mehr, fällt es mir plötzlich ein.
Ich schau die Mutter an.
»Ist das alles?« frage ich den Funktionär.
Die Mutter schaut weg.
»Ja, das ist alles«, sagt der Funktionär. »Erklären Sie sich!«
Die Mutter ist eine schöne Frau. Ihr Ausschnitt ist hinten tiefer als vorne. Sie hat es sicher nie erfahren, was es heißt, nichts zum Fressen zu haben –
Ihre Schuhe sind elegant, ihre Strümpfe so zart, als hätte sie keine an, aber ihre Beine sind dick. Ihr Taschentuch ist klein. Nach was riecht es? Sicher hat sie ein teures Parfüm –
Aber es kommt nicht darauf an, mit was sich einer parfümiert.
Wenn der Vater keinen Konzern hätte, würde die Mutter nur nach sich selbst duften.
Jetzt sieht sie mich an, fast höhnisch.
Zwei helle, runde Augen –
Wie sagte doch seinerzeit der T in der Konditorei?
»Aber Herr Lehrer, ich hab doch keine Fischaugen, ich hab ja Rehaugen – meine Mutter sagts auch immer.«
Sagte er nicht, sie hätte die gleichen Augen?
Ich weiß es nicht mehr.
Ich fixiere die Mutter.
Warte nur, du Reh!
Bald wird es schneien, und du wirst dich den Menschen nähern.
Aber dann werde ich dich zurücktreiben!
Zurück in den Wald, wo der Schnee meterhoch liegt.
Wo du stecken bleibst vor lauter Frost –
Wo du verhungerst im Eis.
Schau mich nur an, jetzt rede ich!

Und ich rede von dem fremden Jungen, der den N erschlagen hat, und erzähle, daß der T zuschauen wollte, wie ein Mensch kommt und geht. Geburt und Tod, und alles, was dazwischen liegt, wollt er genau wissen. Er wollte alle Geheimnisse ergründen, aber nur, um darüberstehen zu können – darüber mit seinem Hohn. Er kannte keine Schauer, denn seine Angst war nur Feigheit. Und seine Liebe zur Wirklichkeit war nur der Haß auf die Wahrheit.
Und während ich so rede, fühle ich mich plötzlich wunderbar leicht, weil es keinen T mehr gibt.
Einen weniger!
Freue ich mich denn?
Ja! Ja, ich freue mich!
Denn trotz aller eigenen Schuld an dem Bösen ist es herrlich und wunderschön, wenn ein Böser vernichtet wird!
Und ich erzähle alles.
»Meine Herren«, sagte ich, »es gibt ein Sägewerk, das nicht mehr sägt, und es gibt Kinder, die in den Fenstern sitzen und die Puppen bemalen.«
»Was hat das mit uns zu tun?« fragt mich der Funktionär.
Die Mutter schaut zum Fenster hinaus.
Draußen ist Nacht.
Sie scheint zu lauschen –
Was hört sie?
Schritte?
Das Tor ist ja offen –
»Es hat keinen Sinn, einen Strich durch die Rechnung machen zu wollen«, sage ich und plötzlich höre ich meine Worte.
Jetzt starrt mich die Mutter wieder an.

Und ich höre mich: »Es ist möglich, daß ich Ihren Sohn in den Tod getrieben habe –«
Ich stocke –
Warum lächelt die Mutter?
Sie lächelt noch immer –
Ist sie verrückt?
Sie beginnt zu lachen – immer lauter!
Sie kriegt einen Anfall.
Sie schreit und wimmert –
Ich höre nur das Wort »Gott«.
Dann kreischt sie: »Es hat keinen Sinn!«
Man versucht, sie zu beruhigen.
Sie schlägt um sich.
Der Diener hält sie fest.
»Es sägt, es sägt!« jammert sie –
Was?
Das Sägewerk?
Sieht sie die Kinder in den Fenstern?
Ist jener Herr erschienen, der auch auf Ihre Zeit, gnädige Frau, keine Rücksicht nimmt, denn er geht durch alle Gassen, ob groß oder klein –
Sie schlägt noch immer um sich.
Da verliert sie ein Stückchen Papier – als hätte ihr wer auf die Hand geschlagen.
Der Funktionär hebt es auf.
Es ist ein zerknülltes Papier.
Der abgerissene Teil jenes Zettels, auf dem stand: »Der Lehrer trieb mich in den Tod«.
Und hier schrieb der T, warum er in den Tod getrieben wurde: »Denn der Lehrer weiß es, daß ich den N erschlagen habe. Mit dem Stein –«
Es wurde sehr still im Saal.
Die Mutter schien zusammengebrochen.
Sie saß und rührte sich nicht.

Plötzlich lächelt sie wieder und nickt mir zu.
Was war das?
Nein, das war doch nicht sie –
Das waren nicht ihre Augen –
Still, wie die dunklen Seen in den Wäldern meiner Heimat.
Und traurig, wie eine Kindheit ohne Licht.
So schaut Gott zu uns herein, muß ich plötzlich denken.
Einst dachte ich, er hätte tückische, stechende Augen –
Nein, nein!
Denn Gott ist die Wahrheit.
»Sage es, daß du das Kästchen erbrochen hast«, höre ich wieder die Stimme. »Tu mir den Gefallen und kränke mich nicht –«
Jetzt tritt die Mutter langsam vor den Funktionär und beginnt zu reden, leise, doch fest: »Ich wollte mir die Schande ersparen«, sagt sie, »aber wie der Lehrer zuvor die Kinder in den Fenstern erwähnte, dachte ich schon: ja, es hat keinen Sinn.«

Über den Wassern

Morgen fahre ich nach Afrika.
Auf meinem Tische stehen Blumen. Sie sind von meiner braven Hausfrau zum Abschied.
Meine Eltern haben mir geschrieben, sie sind froh, daß ich eine Stellung habe, und traurig, daß ich so weit weg muß über das große Meer.
Und dann ist noch ein Brief da. Ein blaues Kuvert.
»Schöne Grüße an die Neger. Der Klub.«
Gestern hab ich Eva besucht.
Sie ist glücklich, daß der Fisch gefangen wurde. Der Pfarrer hat es mir versprochen, daß er sich um sie kümmern wird, wenn sie das Gefängnis verläßt.

Ja, sie hat Diebsaugen.
Die Staatsanwaltschaft hat das Verfahren gegen mich niedergeschlagen, und der Z ist schon frei. Ich packe meine Koffer.
Julius Caesar hat mir seinen Totenkopf geschenkt. Daß ich ihn nur nicht verliere!
Pack alles ein, vergiß nichts!
Laß nur nichts da!
Der Neger fährt zu den Negern.

Anhang

Entstehung[1]*, Überlieferung, Textgestaltung*

Erste Entwürfe[2] zu einem *Roman* mit dem Titel *Auf der Suche nach den Idealen der Menschheit* sind mit Ende 1935 datierbar und lauten:

I. Ein Lehrer in heutiger Zeit.
Die Zeitung. Das Radio. Ein Besuch aus dem Ausland, der sympathisiert mit den dortigen Zuständen. Er wird wieder kirchlich.
Der Brief an die neue Regierung.
»Von einem unbekannten Dichter.«

I. Ein unbekannter Dichter.
Es ⟨sind⟩ ist Nacht und ⟨ich sitze an meinem Schreibtisch und schreibe diese Zeilen⟩ [siehe weiter unten]

[1. Erg.:] *Immer, wenn es Nacht ist, denn am Tag hab ich keine Zeit.*
[2. Erg.:] *Ich wollte schon oft ein Tagebuch beginnen, aber ich fand mich nicht wichtig genug. Dass ich es jetzt beginne, ist die Folge der Erkenntnis, ⟨dass ich es mir abschreiben muss.⟩ dass ich niemanden habe, mit dem ich reden kann.*
Es [Heut] ist der 27. November 1935. Draussen fällt der Regen ⟨und Sc⟩ – oder ist ⟨es⟩ es schon Schnee? Ich weiss es nicht. Ich weiss nur, der Sturm heult ums Haus.
[3. Erg.:] *Vor mir ist eine Türe [und] dahinter ein Zimmer. Dort schläft meine Frau. Sie heißt Anna, wird aber Annerl gerufen. Sie ist blond und lieb, sechs Jahre jünger, wie ich. Ein braves Wesen ⟨und hält zu⟩, das zu mir hält. Sie versorgt das Haus und kocht sehr gut. Ich liebe sie. Oder liebe ich sie nicht? Doch – doch, ich liebe sie. Ich könnt ohne ihr nicht leben. Wirklich? Hand aufs Herz! Doch – doch, ich könnt auch ohne ihr leben, aber ich würd sie sehr vermissen. [Doch bald vergessen.] ich würd die Gewohnheit vermissen. Dann* [4 Worte unl.] *die Frau –, die Frau, die es vielleicht garnicht gibt.*
⟨Im⟩ im anderen Zimmer schläft meine Frau.
[Ich weiss nicht, ob sie schon schläft, ich weiss nur, sie liegt im Bett. ⟨Sie liegt im Bett⟩ Rechts [denn] links liege ich. ⟨Dort liegt sie im Nachthemd und wartet.⟩

Sie hat nun sicher schon das Licht abgedreht und träumt. Sie hat das »Illustrierte« gelesen.
Meine Frau ist 6 Jahre jünger ⟨als ich.⟩. Sie kann sich an den Krieg nicht mehr erinnern. Sie ist ein braves Wesen und hält zu mir. Aber sie kennt mich nicht. Ihre Welt ⟨ist zu⟩ dreht sich anderswo.
Doch ich will nicht undankbar sein gegen ihre Liebe. Sie versorgt das Haus und das ist viel.

Ich überreiche dies Buch der Öffentlichkeit unserer Zeit. Ich weiss, es wird viel verboten werden, denn es ⟨schildert⟩ handelt von den Idealen der Menschheit. Ein Lehrer, der Lesen und Schreiben lehrt, ⟨hat es geschrieb⟩ von dem handelt es. Es ist ein Buch gegen die [geistigen] Analphabeten, ⟨gegen⟩ gegen die, die wohl lesen und schreiben können, aber nicht wissen, was sie schreiben und nicht verstehen, was sie lesen. Und ich hab ein Büch für die Jugend geschrieben, die heute bereits wieder ganz anders aussieht, als die fetten Philister, die sich Jugend dünken. Aus den Schlacken und Dreck verkommener Generationen steigt eine neue Jugend empor. Der sei mein Buch geweiht! Sie möge lernen aus unseren Fehlern und Zweifeln! Und wenn nur einer dies Buch liebt, bin ich glücklich! [Und es ist alles wahr, so wahr mir Gott helfe! Ich glaube nämlich an Gott
Ich glaube, dass es so etwas gibt, das uns lenkt. Ich glaube, dass es einen Herrn des Zufalls gibt. Auch das Böse hat seine Schattenseiten. Denn Schatten sind ⟨manchmal⟩ immer gut.]

Zu diesem Entwurf gehören zwei weitere hs Skizzen.
[1:]
Es ist tiefe Nacht.
Ich sitze in meinem Haus und meine Gedanken werden von der Nacht bewacht. Sie ⟨dürfen am –⟩ sollen den Tag nicht sehen, denn die Sonne ist hell und froh.
⟨Aber sie hören nicht auf⟩
Ich soll nur finster sein dürfen [und] traurig [1 Wort unl.] *warum?*
Liebe Nacht, Du täuschest Dich, noch bin ich jung!
⟨Liebe Nacht, Du bist zwar eine schöne Frau, aber Du wirkst nur am Tag, wenn man Dich nicht sehen kann –⟩
Für wie alt hälst Du mich denn?

Ich werde in [unl.] *zirka zwei Monaten 36 Jahre alt. Ist das alt – oder bin ich noch jung? Manchmal werd ich unsicher, und zwar wenn ich ⟨die⟩ mit Menschen [sprach], die mir über den Kopf gewachsen sind, die sich weder an den [Welt]Krieg ⟨eri⟩ noch an das nachher erinnern können.*
Trotzdem bin ich jung, auch wenn ich mich noch an den Weltkrieg erinnern kann.

[2:]
Liebe Nacht, Du kommst alle zwölf Stunden wieder, im Sommer später, im Winter früher > später im Sommer, früher im Winter – Du bleibst [immer] kürzer oder [immer] länger – aber Deine Finsternis soll mir nichts vormachen, soll mich nicht einlullen in den ⟨Schla⟩ Schlaf des Nichts, des Eh-keinen-Sinn-habens – ich liebe Dich. Du nacht – aber alles hat seine Grenzen, seine berechtigten Grenzen. Und ich werde mich freimachen von Deiner Umarmung, ich steh auf aus Deinem Bett und zieh mich an.
Wo ist die Sonne?
Ich seh zum Fenster hinaus, es ist trüb. Ich muss das Licht herinnen anzünden, obwohl es Mittag ist. So gehts schon seit langer Zeit, der Nebel will nicht weichen, er hat sich eingehängt. Wann kommt die Sonne?

Eine weitere hs Skizze, wieder mit der Überschrift *I. In tiefer Nacht.,* verdeutlicht Horváths Absicht, einen Lehrer zum Ich-Erzähler seines geplanten Romans zu machen.
Die Transkription der Erstniederschrift lautet:
⟨Endlich hab ich Zeit.
Nun sitz ich an meinem Tisch in der Ecke und schreibe es nieder, was mir am Herzen liegt. Der Tisch steht im Wohnzimmer. Endlich hab ich mich aufgerafft, all das niederzuschreiben.⟩
Ich sitze in meinem Haus und meine Gedanken werden von der Nacht bewacht. Ich sage »mein« Haus, aber es gehört mir nicht. Es gehört mir nicht. Es gehört dem Fleischhauer P. Martin, der es an mich vermietet hat. Ich bin ein guter Mieter, denn ich habe eine festbesoldete Anstellung, ich bin ein staatlich angestellter Lehrer und unterrichte bereits seit sieben Jahren an der hiesigen Schule. Unser

Ort ist ein kleines Städtchen mit ungefähr 5000 Einwohnern. Ich unterrichte am Gymnasium, es kommen von weitem Umkreis die Kinder her. ⟨Wenn⟩ Ich unterrichte ⟨deutsche Sprache,⟩ Geschichte und Geographie.
Der Fleischhauer P. Martin, mein Hausherr, ist ein braver Mensch. Er ist grosszügig. Einmal bin ich ihm die Miete schuldig geblieben, drei Monate lang, und er sagte nur: »Von Ihnen krieg ichs sicher, wenn Sies nicht zahlen wolln, wend ich mich an Ihre Behörde, Sie könnens mir ruhig schuldig bleiben!«
Ich blieb sie ihm schuldig [aber er wandte sich nicht an die Behörde] denn damals war meine Frau sehr krank. Ich war nämlich verheiratet.
Das Ms Horváths ist mit etlichen, z. T. unleserlichen Zusätzen versehen, die jedoch das Gesamtkonzept nicht grundsätzlich verändern. Der Name des Fleischhauers *P. Martin* wurde hs in *Lorenz Sedlmeier* geändert, der das nun vermietete Haus gebaut hat. *Wenn man heut den Fleischh. fragt, warum er es gebaut hat, sagt er, er wüsste das selber nicht, er sei ein Tepp und dgl.*
Auf einem anderen Blatt, auf dem Horváth offensichtlich seine geplanten Arbeiten notierte, tauchen, neben den *Roman*-Titeln *Ein Teufel hat Ferien* und *Die ⟨neue⟩ stille Revolution* sowie 77 *kleine Märchen aus unserer Zeit,* für *Aufzeichnungen eines Lehrers aus unserer Zeit* sowohl der Titel *Die Neger* als auch der Titel *Gott kommt* auf, die beide bereits eindeutig auf den Inhalt von *Jugend ohne Gott* verweisen. Nicht vermerkt ist auf dem Blatt der Titel *Der Lenz ist da!,* von Horváths szenischem Fragment, aus dem sich etliche Motive in *Jugend ohne Gott* wiederfinden.[3]

Die erste Erwähnung des Romans findet sich in einem Brief Franz Theodor Csokors an Ferdinand Bruckner vom 29. 1. 1937: »Jetzt plant er [Horváth] einen Roman über die Jugend unserer Zeit, die er gegenüber ihren Vätern als durchaus reaktionäre Jugend sieht.«[4] Der Aussage seiner Freunde nach dürfte die fast »fieberhafte« Niederschrift des Romans im wesentlichen in der zweiten Julihälfte 1937 in Henndorf bei Salzburg erfolgt sein, wo sich Horváth vom 10. Juli an aufhielt.[5] Am 5. August berichtet Csokor aus Henndorf seiner Freundin Lina Loos, daß Horváth bereits »an einem neuen Roman, den er

Ein Kind unserer Zeit nennen will«, arbeite.[6] Auch Horváths Freundin Wera Liessem, die den Sommer 1937 in Aigen bei Salzburg verbrachte, bestätigt, daß *Jugend ohne Gott* um diese Zeit in Henndorf zumindest »abgeschlossen« wurde. Horváth »war kaum mit dem ersten Band fertig, da wollte er ohne das erste Buch recht auszufeilen schon an *Das Kind unserer Zeit* heran. Ich erinnere mich an einen Disput zwischen uns, er solle doch erst das erste Buch ganz zu Ende bringen. [...] ihm genügte, das erste Buch in Gedanken schon richtig durchgearbeitet zu haben. Als er mir nicht glaubte, ging er zu seinem Freund Zuckmayer, der ihm dasselbe sagte, er biss sich auf die Zähne und ging wütend – aber dennoch wieder an das letzte Drittel um es glatt zu polieren und durchdachte es dann bis in seine letzte Konsequenz: glücklich dass wir ihn dazu getreten hatten [...]«[7]

Vom 10. 9. bis 13. 9. hält sich Horváth in Amsterdam im Allert de Lange Verlag auf[8]; der Zweck seines Besuches ist nicht bekannt. Seit dem 13. Juli 1937 bestand ein Vertrag[9] zwischen ihm und dem Allert de Lange Verlag, der die Abgabe eines Romanmanuskriptes bis zum 1. 12. 1937 vorsah; ein weiterer Vertrag vom 30. 11. 1937[10] nannte den 1. 8. 1938 als Ablieferungstermin.

Der Verlag Allert de Lange in Amsterdam (gegr. 1880) hatte bis zum Tod Allert de Langes (1932) seinen Schwerpunkt in der Publikation kulturhistorischer Bücher. Allert de Langes Sohn und Nachfolger Gerard de Lange publizierte ab 1933 gemeinsam mit Walter Landauer und Hermann Kesten, den früheren Gesellschaftern des Berliner Gustav Kiepenheuer Verlags, in Deutschland verbotene Autoren und machte – neben dem Querido Verlag (gegr. 1915). – Amsterdam zum Zentrum der deutschen Emigrationsliteratur. Insgesamt 47 in Deutschland verbotene Autoren publizierten ihre Bücher bei Allert de Lange.[11]

Im Programm des Jahres 1937 erschienen bei Allert de Lange u. a. *Ein Sohn aus gutem Hause* von Karl Tschuppik, *Gesang des Tales* von Schalom Asch, *Luxusdampfer* von Gina Kaus, *König Philipp der Zweite* von Hermann Kesten, *Festspieltage in Salzburg* von Annette Kolb, *Jacques Offenbach und das Paris seiner Zeit* von Siegfried Kracauer, *Die Flaschenpost* von René Schickele und *Passagiere* von Christa Winsloe.[12]

Am 13. September reiste Horváth von Amsterdam aus weiter nach Prag zur Uraufführung seines Lustspiels *Dorf ohne Männer* am 24. 9. 1937, dann von dort wieder nach Henndorf.[13]

Am 26. 10. 1937 schreibt Horváth von Henndorf aus an Franz Theodor Csokor[14]: [. . .] *hast Du meine Karte*[15] *erhalten! Und das Buch?*[16] *Heute wirds versandt*[17], *aber vor Mitte November soll keine Besprechung erscheinen, schrieb mir L.*[18] *Wahrscheinlich liegt dann das Buch in der Schweiz auf. Ich freue mich sehr, dass Du es in der ›Nationalzeitung‹ besprechen wirst*[19] *– – ich habe das Buch jetzt nochmals gelesen, und ich kann mir nicht helfen: mir gfallts auch! – – Es ist mir dabei noch etwas aufgefallen, nämlich dass ich, ohne Absicht, auch zum erstenmal den sozusagen faschistischen Menschen (in der Person des Lehrers) geschildert habe, an den* [sic!] *die Zweifel nagen – – oder besser gesagt: den Menschen im faschistischen Staate.* [. . .]

Bereits am 16. 10., also zehn Tage vor der Auslieferung des Romans, war in Das Neue Tage-Buch ein Vorabdruck[20] erschienen.

Am 24. 11. 1937 schreibt Horváth an Csokor[21]: [. . .] *Hier* [d. i. Henndorf] *fand ich einige begeisterte Briefe über den neuen Roman vor, so von Hatvany*[22], *über den ich mich besonders freue. Thomas Mann hat Zuck*[mayer] *geschrieben, dass er den Roman für das beste Buch der letzten Jahre hält.*[23] *Zuck hat von der ›Neuen Fr. Presse‹*[24] *Nachricht: sie wollen, dass er es im Literaturblatt bespricht und nicht als Feuilleton.* [Am Briefrand:] *wahrscheinlich wegen des Verkaufs im III. Reich. Er will aber nur ein Feuilleton, einen grösseren Artikel schreiben, so wird er nun auf die ›Presse‹ verzichten und will in der Zeitschrift von Thomas Mann*[25] *einen Artikel über das Buch schreiben. Vielleicht willst Du in der ›Presse‹ schreiben? Das wäre wunderbar, lieber Csok! Es dreht sich für mich jetzt sosoviel darum, dass die Besprechungen noch vor Weihnachten, möglichst bald erscheinen! –* [. . .]

Einen Tag später bedankt sich Horváth auch bei Lajos Hatvany für dessen *lieben Brief*, über den er sich *riesig* gefreut habe. *Es ist wunderschön, dass Ihnen meine Arbeit so gut gefällt, ich bin ganz glücklich darüber! Und ich danke Ihnen vielmals und herzlichst für alle Ihre Mühe, die Sie sich mit dem Buch machen wollen –*[26]

Ende Januar 1938 berichtet Horváth, daß sein Roman *bereits in viele*

Sprachen übersetzt ist.[27] Auch Csokor erwähnt in einem Brief an Bruckner, »französische, polnische, kroatische Übersetzungen stehen bevor«.[28]
Am 7. 3. 1938 wird auf Antrag der Berliner Geheimen Staatspolizei vom 10. 1. 1938 mit Aktenzeichen IIP2 4046/E Horváths Roman *Jugend ohne Gott* »wegen seiner pazifistischen Tendenz auf die Liste des schädlichen und unerwünschten Schrifttums« gesetzt und die Gestapo beauftragt, die »etwa im Reichsgebiet auftretenden Exemplare [...] einzuziehen und sicherstellen zu wollen«.[29]
Am 28. 5. 1938 veröffentlicht Das Neue Tage-Buch eine Notiz[30], daß Horváths Roman *Jugend ohne Gott* »in französischer Übersetzung im Verlag Plon[31], in englischer Übersetzung im Verlage Methuen & Co.[32], ferner in tschechischer[33], polnischer[34], holländischer[35] und spanischer[36] Sprache« erscheint.
Am selben Tag trifft Ödön von Horváth, der am 16. 3. von Wien nach Budapest emigriert war, aus Amsterdam kommend in Paris ein. Er will den französischen Übersetzer Armand Pierhal kennenlernen, »außerdem auch noch andere Verleger aufsuchen und eine russische Agentin wiedersehen«[37], vor allem aber mit dem Filmregisseur Robert Siodmak »über die Verfilmung von *Jugend ohne Gott* [...] sprechen«[38], obwohl, laut Carl Zuckmayer, Horváth »das bisher nicht allzu ernst genommen« hatte: »Filmleute wollen immer mit jemandem über etwas sprechen, was nachher doch nicht zustande kommt«[39].
Horváth trifft sich mit Robert Siodmak am 1. 6. 1938 im Café Marignan. »Gegen halb acht Uhr sagte Horváth, er muesse jetzt nach Hause, um noch alles aufs Papier zu bringen, was wir besprochen hatten, da er morgen zeitig wieder nach der Schweiz muesste.«[40] Auf dem Rückweg vom Café Marignan in das Hôtel l'Univers wird Horváth gegenüber dem Théâtre Marigny von einem stürzenden Ast erschlagen.

Horváths Typoskript (bzw. eine Kopie des Typoskripts), das der Erstausgabe bei Allert de Lange zugrunde lag, muß als verschollen gelten, jedoch kann die Authentizität des Textes der Erstausgabe als gesichert gelten.[41] Daher folgt dieser Abdruck der Erstausgabe des Verlags Allert de Lange, Amsterdam, mit dem Copyright 1938 (gedruckt bei N.V.v.d. Garde & Co., Zaltbommel/Holland). Die Erstausgabe umfaßt 219 Seiten; auf den Seiten 218/219 ist das Inhaltsverzeichnis abgedruckt.[42] Die Schreibweise folgt der heutigen Regelung, wobei offenkundige Druckfehler, die möglicherweise auf den in Holland erfolgten Satz zurückzuführen sind, stillschweigend korrigiert wurden. Abweichungen gegenüber den bisherigen Veröffentlichungen[43] sind auf bewußte Eingriffe[44] des Lektorats im Berglandverlag, Wien, zurückzuführen, in dem die erste Nachkriegsausgabe (1948) erschien, die späteren Ausgaben als Vorlage diente. Auslassungen[45] gehen vermutlich auf Nachlässigkeit bei Satz und Korrektur des Berglandverlages zurück.

Erläuterungen[46]

12 *Warum müssen wir Kolonien haben?* – Schon 1920 hatte es im Parteiprogramm (vom 25. 2.) der NSDAP geheißen: »3. Wir fordern Land und Boden (Kolonien) zur Ernährung unseres Volkes und Ansiedlung unseres Bevölkerungsüberschusses.« 1933 wurden die Ideologen dann deutlicher: »Das allgemeinste unerbittliche Gesetz des Lebens ist nun Kampf um sein Dasein und seine Entfaltung, Kampf der Rassen um ihren Lebensraum, d. h. auch auf die Völker bezogen mit der Natur und, wenn es sein muß, mit anderen Völkern, die der eigenen völkischen Lebensentfaltung entgegenstehen. [. . .] Zu diesen ›Kuli- oder Fellachenrassen‹ gehört die Überzahl der Bevölkerung des Erdballs, das Gros der farbigen Menschen Asiens und Afrikas und das ostbaltisch-ostisch-innerasiatische Volkstum Rußlands. Ein kleiner, aber mächtiger Teil der Erdbevölkerung wählte den Weg der Parasiten. Er sucht sich durch intelligente und heuchlerische Einfühlung und Überlistung in bodenständigen Volkstümern einzunisten, diese mit händlerischer Schlauheit um den Ertrag ihrer Arbeit zu bringen und durch raffinierte geistige Zersetzung der Selbstführung zu berauben. Die bekannteste und gefährlichste Art dieser Rasse ist das Judentum.« (Karl Zimmermann, *Die geistigen Grundlagen des Nationalsozialismus. Das Dritte Reich. Bausteine zum Neuen Staat und Volk,* Leipzig 1933). – Vgl. hierzu auch aus den Richtlinien für *Erziehung und Unterricht in der Volksschule* (Halle a. d. S., o. J., S. 18): »Der Anteil der Deutschen an der Erforschung der Erdräume, die kolonisatorischen Leistungen unseres Volkes in aller Welt und unser Anspruch auf kolonialen Raum sind besonders herauszustellen.« In der »amtlichen Ausgabe des Reichs- und Preußischen Ministeriums für Wissenschaft, Erziehung und Volksbildung« von *Erziehung und Unterricht an der Höheren Schule* aus dem Jahr 1938 »scheinen den Autoren zwei Aspekte besonders bemerkenswert: Rassenfragen und die Kolonien. Auch für den ›Schwarzen Erdteil‹, in dem Deutschland seit dem Versailler Vertrag keine wirtschaftlichen und politischen Inter-

essen mehr wahrnehmen konnte, treten die Deutschen dem Lehrplan nach als Apostel der Rassenreinheit auf. Mehr noch – sie sehen in der dazumal noch kaum fortgeschrittenen Zivilisation der Afrikaner eine Gefahr. Darin deutet sich die Haltung der arischen Herrenmenschen an, die zwar weiterhin Kolonialgebiete erstreben, den dann beherrschten Afrikanern aber kein Recht auf zivilisatorische Bildung einräumen würden.« (Kurt-Ingo Flessau, *Schule der Diktatur. Lehrpläne und Schulbücher des Nationalsozialismus,* München 1977, S. 83).

13 *auch der Arbeiter gehört letzten Endes zum Volk* – Vgl. die Proklamation Adolf Hitlers bei der Eröffnung des 8. Reichsparteitages der NSDAP in Nürnberg am 9. 9. 1936: »Die nationalsozialistische Staatsführung ist eine so souveräne und eine so über allen wirtschaftlichen Bedingungen stehende, daß in ihren Augen die Kennzeichnung ›Arbeitnehmer und Arbeitgeber‹ belanglose Begriffe sind. Es gibt keinen Arbeitgeber und es gibt keinen Arbeitnehmer vor den höchsten Interessen der Nation, sondern nur Arbeitsbeauftragte des ganzen Volkes.«

Alle Neger sind hinterlistig, feig und faul – »Neger« als Synonym für die zu Außenseitern Deklarierten, rassisch Unreinen, Nicht-Angepaßten, Juden. Vgl. hierzu A. Fuhrmanns Hinweis auf die Rede des Gauleiters von Mittelfranken, Julius Streicher (1885-1946), am 22. 6. 1935 vor der Hitler-Jugend: »Ein auserwähltes Volk [...] geht nicht in die Völker hinein, um eure Väter arm zu machen und in die Verzweiflung zu treiben. Ein auserwähltes Volk schächtet und quält nicht Tiere zu Tode, ein auserwähltes Volk lebt nicht vom Schweiß der anderen. Ein auserwähltes Volk tritt in Reih und Glied derer, die da leben, weil sie arbeiten. Vergeßt das nie.«

Radio – Dr. Joseph Goebbels, Reichsminister für Volksaufklärung und Propaganda, erklärte am 25. 3. 1933 in einer Rede: »Ich halte den Rundfunk für das allermodernste und allerwichtigste Massenbeeinflussungsinstrument, das es überhaupt gibt [...] ein Mittel zur Vereinheitlichung des deutschen Volkes in

Nord und West, in Süd und Ost.« Am 20. 8. 1933 wurde auf der Berliner Funkausstellung (Motto: »Der Rundfunk dem Volke«) ein »Volksempfänger« für 76 RM (der Normalpreis lag zwischen 200 und 400 RM) vorgestellt, der von 28 deutschen Radioherstellern auf Veranlassung des Propagandaministeriums in einheitlicher Qualität produziert wurde. Da der »Volksempfänger« nur mit einem Mittelwellenteil ausgestattet wurde, war der Empfang ausländischer Sender (über Kurzwelle) ausgeschlossen. Bereits im ersten Halbjahr 1933 wurden 600 000 Volksempfänger verkauft; 1934 waren 44 % aller produzierten Rundfunkgeräte Volksempfänger. Der Slogan einer Plakataktion lautete: »Ganz Deutschland hört den Führer mit dem Volksempfänger.«

15 *Als es aufhörte [. . .] böse von Jugend auf* – Zit. nach Genesis 8,2 und Genesis 8,21; vgl. auch Horváths Hinweis in seiner *Randbemerkung zu Glaube Liebe Hoffnung*, daß er diese Bibelstelle (Genesis 8,21) jedem seiner Stücke hätte als Motto voransetzen können.

16 *ein ungeschriebenes Gesetz* – Vgl. auch die Entwürfe zu *Der Lenz ist da!* (Band 15).

17 *brave Bürger, Beamte, Offiziere, Kaufleute* – Nach Horváths Konzept *Der Mittelstand* (Band 15) zählten diese *braven Bürger*, nämlich *Gewerbe, Kaufleute, Hotelier, höhere Beamte, Reichswehroffiziere und Polizeioffiziere*, zu den *Überbleibseln aus dem alten Mittelstand*.

18 *ich kann mich beherrschen, ein Kind in die Welt zu setzen* – Vgl. in *Figaro läßt sich scheiden* den Satz: *Mit ruhigem Gewissen kann man sich in unserer Zeit kein Kind leisten.* (Band 8)

19 *Bei Philippi sehen wir uns wieder!* – Zitat frei nach Shakespeares *Julius Caesar* IV, 3; damit ist angedeutet, daß die entscheidende Auseinandersetzung noch bevorsteht. Das Zitat ist abgeleitet aus Plutarchs Caesar, C. 69 *(Doppelbiographien):* »[. . .] bei Philippi wirst du mich sehen.« Philippi war eine Stadt im west-

lichen Thrakien, später zu Makedonien gehörend. 42 v. Chr. besiegten Octavian und Antonius bei Philippi die Republikaner unter Brutus und Cassius.

Rundschreiben 5679 u/33! – Vgl. die Äußerungen des Reichsinnenministers Wilhelm Frick (1877-1946) auf der Ministerkonferenz am 9. 5. 1933 über das *Kampfziel der deutschen Schulen:* »[...] Die Wehrhaftigkeit des deutschen Volkes setzt eine geistige und körperliche Wehrhaftmachung voraus, wie sie durch die Geländesportlehrgänge des Reichskuratoriums für Jugendertüchtigung erstrebt wird, und bedeutet, daß das deutsche Volk wieder lernt, im Wehrdienst die höchste vaterländische Pflicht und Ehrensache zu sehen. Mit der Wehrhaftmachung muß, wenn sie das gesamte Wesen, die ganze Persönlichkeit des Menschen erfassen soll, schon in der Schule begonnen werden. Die Schule muß die notwendige Vorarbeit leisten, in die heranwachsende Jugend muß der Keim des Wehrgedankens gelegt werden.«

20 *siehe, welch ein Mensch!* – Zit. nach Johannes 19,5.

im letzten Kriegsjahr zum erstenmal geliebt – Vgl. dazu Horváths autobiographischen Aufsatz *Fiume, Belgrad, Budapest, Preßburg, Wien, München* (Band 15).

das alte Rom, 287 vor Christi Geburt – Die Patrizier waren ein Geburtsadel, der ursprünglich im Alleinbesitz der politischen Macht war. 366 v. Chr. wurde in Rom erstmals ein Plebejer Konsul. Von diesem Zeitpunkt an erlangten die Plebejer zu immer mehr Staatsämtern Zugang, um 300 v. Chr. auch zu den Priesterämtern. 287 v. Chr. erzielten sie die politische Gleichberechtigung.

24 *Manlius Capitolinus* – 392 v. Chr. röm. Konsul, trat 385 für einen allgemeinen Schuldenerlaß zugunsten der Plebejer ein und wurde daraufhin von den Patriziern angeklagt und zum Tode verurteilt.

25 *wasche ich meine Hände* – Anspielung auf »Ich wasche meine Hände in Unschuld« nach Psalm 73,13 und dem Ausspruch des Pilatus bei Matthäus 27,24. Vgl. auch *Rund um den Kongreß* (Band 1).

26 *Das Zeitalter der Fische* – Über Horváths Auffassung ist viel gerätselt worden. Nach Hans Künkel, *Der Mythos von den Weltzeitaltern* (Jena 1922), begann das Zeitalter der Fische etwa 150 v. Chr. und endete um 1950. Ihm folgte das Zeitalter des Wassermanns.

Erfinder – Ein bei Horváth häufig wiederkehrendes Motiv autobiographischen Ursprungs (sein Vater beschäftigte sich mit »Erfindungen«); vgl. *Ein königlicher Kaufmann* (Band 15), *Original-Zaubermärchen* (Band 15), die Vorarbeiten zu *Geschichten aus dem Wiener Wald* (Band 4) und zu *Kasimir und Karoline* (Band 5), sowie die Figur des Kakuschke in *Der ewige Spießer* (Band 12).

27 *Julius Caesar* – Mutmaßliches Vorbild für diese Figur, dessen Gedankengänge, A. Fuhrmann folgend, vor allem von Sigmund Freud (1856-1939) und Otto Weininger (1880-1903; *Geschlecht und Charakter,* 1903) beeinflußt waren, dürfte der Hauptlehrer Ludwig Köhler gewesen sein. Er wird im Fragment *Adieu Europa!* (Band 15) genannt und taucht auch verschlüsselt im *Schlamperl*-Fragment (Band 15) auf. Ludwig Köhler war als Lehrer in Altenau (siehe auch *Der Stolz Altenaus* in Band 11) beschäftigt, wurde vorzeitig in den Ruhestand versetzt und ließ sich dann in Murnau nieder, wo er im »Hotel zur Post« seinen Stammtisch hatte und mit Horváth gut bekannt war. Köhler wurden homosexuelle Neigungen nachgesagt. Als weitere Quellen für Horváths Wissen um schulische Belange sind vor allem der Murnauer Rektor Dr. Leopold Huber (geb. 1893) und dessen Kollege Hoffmann (geb. 1893) anzuführen.

28 *die Selbstbefriedigung [...] Konsequenzen etcetera.* – Vgl. hierzu Dr. Iwan Bloch, *Das Sexualleben in unserer Zeit in*

seinen Beziehungen zur modernen Kultur, Berlin 1907, S. 466: »Der alte Glaube an die ungeheuerlichen Gefahren und die eminente Schädlichkeit der Onanie spukt noch wie ein Schreckgespenst in gewissen, zum Teil in Hunderten von weitverbreiteten populären Schriften. [...] Heute sind alle erfahrenen Aerzte, die sich mit dem Studium der Onanie und ihren Folgen beschäftigt haben, der Ansicht, daß mäßige Onanie bei gesunden, erblich nicht belasteten Personen keine schlimmen Folgen hat.«

euer Frühlingserwachen – Begriff nach dem Bühnenstück von Frank Wedekind *Frühlings Erwachen,* entstanden 1890/91, erste Buchausgabe Zürich 1891, Uraufführung am 20. 11. 1906 in Berlin. Vgl. auch den Untertitel *Ein Frühlingserwachen in unserer Zeit* zu Horváths Fragment *Der Lenz ist da!* (Band 15).

Erotomane – Erotomanie als übersteigertes Interesse an sexuellen Dingen, auch als Ausdruck »übermäßiger Sehnsucht nach Liebe« (Iwan Bloch); abgeleitet von gr. eros = Liebe und mania = Wahnsinn; die zeitgenössische Sexualwissenschaft sieht in der Erotomanie auch einen »Verteidigungsmechanismus gegen starke homosexuelle Neigungen, die sie durch den Verkehr mit dem anderen Geschlecht verdrängen kann« (Lo Duca), was auf die Figur Julius Caesars zutreffen dürfte. Vgl. hierzu auch die Erl. zu S. 27.

29 *»Über die Würde des menschlichen Lebens«* – Vermutlich eine Anspielung auf das Buch *Über die Würde des Menschen* von Pico della Mirandola (1463-1494), *De dignitatae hominis* (1487), eines der »eindrucksvollsten Zeugnisse der Renaissance« (Salvatore Ruta), das von Papst Innozenz VII. (1492) verboten wurde, weil darin der Mensch als Abbild Gottes und für sich selbst verantwortlich geschildert wird.

30 *Amateurastrolog* – Astrologie als Motiv autobiographischen Ursprungs; vgl. auch *Rund um den Kongreß* (Band 1), *Geschichten aus dem Wiener Wald* (Band 4), *Die Unbekannte aus*

der Seine (Band 7), *Hin und her* (Band 7), *Figaro läßt sich scheiden* (Band 8), *Der ewige Spießer* (Band 12).

31 *Der Tormann* – Vgl. dazu die *Tormann*-Varianten in den *Sportmärchen* (*Legende vom Fußballplatz,* Band 11) und in *Himmelwärts* (Band 7).

32 *die oberste Sportbehörde* – Vgl. die Äußerung Dr. Wilhelm Fricks auf der Ministerkonferenz vom 9. 5. 1933: »Der Bedeutung der körperlichen Ertüchtigung durch die Förderung von Leibesübungen habe ich durch Einsetzung eines Reichssportkommissars Rechnung getragen. Seine Aufgabe wird die einheitliche Zusammenfassung der verschiedenen Sportverbände sein im Dienste des Volksganzen.« Zum Reichssportkommissar war am 28. 4. 1933 der SA-Führer Hans von Tschammer und Osten (1887-1943) ernannt worden, der dann am 19. 7. 1933 zum »Reichssportführer« avancierte.

34 *Der totale Krieg* – 1935 erschien unter diesem Titel ein Buch des ehemaligen Chefs des Generalstabes Erich von Ludendorff (1865-1937); später, am 18. 2. 1943, adaptierte Joseph Goebbels diesen Begriff und verkündete im Berliner Sportpalast unter dem Jubel aller Anwesenden den »totalen Krieg«.

Zeltlager – A. Fuhrmann folgend war das »Hochlandlager« der Hitler-Jugend am Herzogstand (Walchensee) im Jahr 1934 die Vorlage für Horváths Darstellung.

35 *das Dorf* – Vermutlich das Dorf Walchensee, ein »als Sommerfrische besuchtes Dörfchen in anmutiger Lage, umgeben von Landhäusern und schönem Wald, an einer Bucht des Sees, jenseits deren das Klösterl (Kirche von 1689), jetzt Pfarrhof, an der Spitze der Halbinsel Katzenkopf (872 m)« (Karl Baedeker, *München und Südbayern. Handbuch für Reisende,* Leipzig 1928, S. 135).

lauter Zweitausender – Vgl. dazu die Beschreibung des Walchenseegebiets bei Baedeker (S. 134): »Die weite, dreieckige Seefläche vereinigt sich mit den gerundeten, dunkelbewaldeten Bergen der Umrahmung und den kahlen Kalkschroffen von Karwendel und Wetterstein im Hintergrunde zu einem großartigen und ernsten Bilde.«

38 *Die marschierende Venus* – Anspielung auf die zahlreichen bildlichen Darstellungen von Venus, der Göttin der Liebe und der Schönheit, als »Schlafende« oder »Ruhende«; nach A. Fuhrmann auch in Verbindung zu Hitlers Schimpfwort »Rucksackspartakisten« aus dem Jahr 1935.

40 *Flitter und Tand* – Vgl. dazu die Parallelszene in *Der Lenz ist da!* (Band 15).

Amazonen – Nach Homers *Ilias* kriegerische und männerfeindliche Frauen.

»Verschollenen-Flieger-suchen« – Vgl. dasselbe Motiv in *Der Lenz ist da!* (Band 15).

für den Fall eines Krieges – A. Fuhrmann weist auf das »Sportfest des BDM« am 23. 9. 1934 in München hin, an dem 20 000 Mädchen durch ihre »disziplinierte und militärische Straffheit« auffielen und die »Luftschutzabteilung« einer Münchner BDM-Gruppe (erstmals) ihre Demonstration mit Gasmasken und Gasrettungsgeräten durchführte.

41 *ein einsamer Bauernhof* – Vgl. hierzu die Parallelszene in *Der Lenz ist da!* (Band 15)

46 *da habe ich Gott verlassen* – Umkehrung des Psalms 22,2: »Mein Gott, mein Gott, warum hast du mich verlassen? Stöhnend klage ich, aber die Hilfe bleibt fern.«

daß Gott einen Weltkrieg zuläßt – Vgl. dazu *Charlotte* (Band 15) und die Vorarbeiten zu *Der ewige Spießer* (Band 11).

47 *Gott hängt am Kreuz* – Zu diesem »Bild-Zitat« merkt B. Kranzbühler an: »Sog. ›schwarze‹ Kreuzigungsgruppen gibt es vor allem bei Grünewald und Lucas Cranach, es fand sich aber keine mit der [von Horváth] beschriebenen Figurenkomposition. Da das Bild auch bei den Eltern des Lehrers hängt, die offensichtlich einfache Leute sind (Werkmeister, vgl. S. 11, 121) muß man auch an Nazarener bzw. Präraffaeliten denken.«

Auf der Suche nach den Idealen der Menschheit – Ursprünglich als Titel des Romans vorgesehen; vgl. S. 151.

48 *Ignatius* – Ignatius von Loyola (1491-1556), dessen 1548 erschienene *Exercitia spiritualia* (dt: *Geistliche Übungen)* die geistige Grundlage für die »Gesellschaft Jesu« bildeten. Im »Epilog« zur Buchausgabe des Dramas *Gottes General* (Hamburg–Wien 1948) von Franz Theodor Csokor berichtet dieser, Horváth habe ihn Anfang 1937 gefragt, »warum man heute zu Helden historischer Dichtungen statt Königen und Kriegern nicht Heilige lieber wähle? Da sei beispielsweise Jean de Dieu, Johann von Gott, der nach einem wilden Leben an eine organisierte Pflege von Verwundeten und Kranken, welcher Nation oder Rasse sie auch angehören mochten, dachte. [. . .] Und da sei der frühere Fähnrich Ignatius von Loyola, dem es gelang, das ganze Problem, das wir heute ›Reeducation‹ nennen würden, in einem einzigen Satz für die Ewigkeit zu formulieren: ›Ich gehe mit jedem durch seine Türe hinein, um ihn durch meine Türe herauszuführen.‹«

›Ich gehe mit jedem Menschen – Zitat nach dem Brief des Ignatius von Loyola, den er Anfang September 1541 aus Rom an PP. Salmerón und Broet »Über die Art und Weise der Arbeit des Umgangs (mit Menschen) im Herrn« schrieb. Darin empfiehlt er, wenn »Jemand für die Sache Gottes unseres Herrn« gewonnen werden soll, »sollten wir es ähnlich machen, wie der Teufel, wenn er einen guten Menschen in die Netze seines Verderbens ziehen will – [. . .] Jener kommt nämlich durch die Türe des andern herein und weiß ihn durch seine eigene mit herauszuneh-

men.« So empfiehlt Ignatius »mit Rücksicht auf das gute Endziel« vorerst Anpassung und »eine gewisse Zustimmung«. Ist das Vertrauen des anderen erst gewonnen, »können wir um so mehr die Sache zum Besseren wenden. Und so [erreichen wir], daß wir, nachdem man zur fremden Türe hineingegangen ist, durch die eigene herausgehen.« (Hans Urs von Balthasar (Hg.), *Menschen der Kirche in Zeugnis und Urkunde*, 2. Band, Einsiedeln–Köln–Zürich 1965, S. 109).

49 *Kennen Sie einen Staat* – Der Staatsvorstellung des Pfarrers bei Horváth liegen, B. Kranzbühler folgend, Gedanken aus *Ethika Nikomacheia* (dt. *Nikomachische Ethik)* und aus *Politika* (dt.: *Politik*) des Aristoteles (384-322 v. Chr.) zugrunde. »Aus der *Nikomachischen Ethik* kommt die Vorstellung, höchstes Gut des Lebens sei die Glückseligkeit (Eudaimonia); diese sei u. a. durch ein Aristoteles' ethischen Forderungen entsprechendes Leben, mit anderen zusammen, im Staat erreichbar. In der *Politika* heißt es, der Mensch trage von Natur aus den Trieb zur Gemeinsamkeit in sich, der Staat sei ein der Familie und der Dorfgemeinschaft übergeordnetes Gemeinwesen, dessen Ziel die Erhaltung, Sicherung und Vervollkommnung des physischen und ethischen Lebens, also Eudaimonia, sei.« – Vgl. hierzu auch den Paulus-Brief an die Römer 13.1: »Jedermann unterwerfe sich den vorgesetzten Obrigkeiten; denn es gibt keine Obrigkeit außer von Gott, und die bestehenden sind von Gott angeordnet.« Sowie 13,5: »Daraus folgt, daß man sich unterordnen muß nicht nur um der Strafe, sondern auch um des Gewissens willen.« Vgl. ferner Paulus-Brief an Titus 3,1, Erster Petrusbrief 2,13 und 2,18 und Mathäus 8,9.

Pascal – Blaise Pascal (1623-1662), frz. Philosoph, dessen Buch *Pensées de M. Pascal sur la religion et sur quelques autres sujets, qui ont esté trouvées après sa mort parmy ses papiers* 1669 erschien. In Form von Aphorismen, Gesprächen und Dialogen werden Glaubenserfahrungen dargelegt, wobei die Forschung im fiktiven Gesprächspartner Pascals den ungläubigen Skeptiker Pascal selbst vermutet, vor und nach der »Bekehrung«.

Zweifellos ist das Gespräch zwischen Lehrer und Pfarrer durch Pascals *Pensées* wesentlich beeinflußt.

›*Wir begehren die Wahrheit [...] und finden nur Elend und Tod.*‹ – Zitat nach Pascal, *Pensées* 437, Fragment.

50 *gewissermaßen strafversetzt* – Anspielung auf einen Vorstoß des Pfarrers in Folge des von der katholischen Kirche enthusiastisch begrüßten Konkordats zwischen dem Heiligen Stuhl und dem Deutschen Reich vom 20. 7. 1933, das »das Verhältnis zwischen der katholischen Kirche und dem Staat für den Gesamtbereich des Deutschen Reiches in einer beide Teile befriedigenden Weise dauernd« regeln sollte. Ab dem Frühjahr 1935 jedoch verschärfte sich der Kampf zwischen NS-Staat und Kirche mit dem Ziel der »Entkonfessionalisierung des öffentlichen Lebens« (Wilhelm Frick am 7. 7. 1935 in Münster). Nach B. Vollmer (*Volksopposition im Parteistaat,* Stuttgart 1957) arbeiteten immer mehr Geistliche »vorsätzlich oder grobfahrlässig gegen Staat und Bewegung«, was die Polizeibehörden, unter Berufung auf § 1 der Verordnung zum Schutz von Volk und Staat vom 28. 2. 1933, als »Mißbrauch dogmatischer Erörterungen und Verstöße gegen die Grundsätze der nationalsozialistischen Bewegung« verfolgten.

51 *eher ein Kamel [...] in den Himmel kommt* – Zitat nach Mathäus 19, 24; auch bei Markus 10,25 und Lukas 18,25.

53 *Thales von Milet* – (624-546 v. Chr.), erster gr. Philosoph, Mathematiker und Astronom, einer der sieben Weisen; nach seiner naiv-materialistischen Auffassung war alles aus dem Wasser bzw. Feuchten entstanden.

Anaximander – (um 610-546 v. Chr.), Philosoph, Nachfolger des Thales, dessen Ansichten er folgte. Das Zitat stammt aus *Peri physeōs (Über die Natur,* in: W. Diels und W. Kranz (Hg.), *Die Fragmente der Vorsokratiker,* Dublin–Zürich 1968).

Der römische Hauptmann – Figur aus Markus 15,39, auch erwähnt bei Matthäus 27,54. Vgl. dasselbe Motiv in *Rund um den Kongreß* (Band 1) und in der Prosaskizze *Der römische Hauptmann* (Band 11).

57 *Offenbarung* – Vgl. Offenbarung 22,12: »Siehe, ich komme bald, und mit mir mein Lohn, um einem jeden zu vergelten nach seinem Werke.«

62 *Adam und Eva* – Anspielung an die biblischen Figuren und deren »Versuchung und Fall« (Genesis 3,1-7).

64 *Kuvert* – Österr. Ausdruck für Briefumschlag.

Tagebuch – Die Schilderung des Z entspricht dem 5. Bild in *Der Lenz ist da!* (Band 15).

72 *Der Mann im Mond* – Anspielung auf *The Man in the Moone* (dt: *Der Mann im Mond*) von Francis Godwin (1561-1633), die utopisch-phantastische Schilderung einer idealen Gesellschaftsordnung auf dem Mond.

74 *Im Schweiße Eures Angesichtes* – Zitat nach Genesis 3,19.

79 *Ich will hinfort* – Zitat nach Genesis 8,21.

84 *Justitia fundamentum regnorum* – (Dt: Die Gerechtigkeit ist die Grundlage der Staaten.) Lat. Wahlspruch Kaiser Franz' I. von Österreich (1768-1835).

85 *spiritistischen Zirkel* – Nach Horváth gehörten zu den *Vergnügungen* des Mittelstandes u. a. *Mystik, Okkultismus, Spiritismus* (*Der Mittelstand*, Band 15). Vgl. hierzu auch den Beitrag von Prof. Dr. Traugott Konstantin Oesterreich, *Die Stellung der heutigen Wissenschaft zum Spiritismus*, in dem es hieß: »Was die Menge der Bildungslosen in die spiritistischen Sitzungen hineintreibt, die Hoffnung mit Geistern, mit Verstorbenen oder

höheren Geistern, auch wohl ›Elementargeistern‹, verkehren zu können, stößt den Wissenschaftler im allgemeinen geradezu ab. Aber einige – und es sind ihrer immer mehr geworden – haben sich doch überwunden. Und das Ergebnis ist heute, daß wohl kein einziger Gelehrter, der sich mit diesen Dingen näher abgegeben hat, es auf sich nimmt, mit Bestimmtheit zu erklären, es sei an den von den Spiritisten behaupteten Wahrnehmungstatsachen, wie auch immer sie zu deuten sind, sicher ›nichts dran‹.« (Der Querschnitt XII. Jg., Heft 12, Berlin Ende Dezember 1932, S. 855).

98 *Fetzen* – Österr. Ausdruck für minderwertiges Mädchen; Prostituierte.

102 *Vertrieben aus dem Paradies* – Parallele zu der Kapitelüberschrift *Adam und Eva* (S. 62); Anspielung auf Genesis 3,21-24.

112 *Geburtstag des Oberplebejers* – Gemeint ist der 20. April, der Geburtstag Adolf Hitlers, der 1933 erstmals in ganz Deutschland als nationaler Feiertag begangen wurde. Wera Liessems Mitteilung zufolge hat Horváth von Hitler nie anders als vom »Oberplebejer« gesprochen. (Vgl. dazu auch die Anmerkung zu S. 128.)

Im gleichen Schritt und Tritt – Zitat nach Ludwig Uhlands (1787-1862) *Ich hatt' einen Kameraden*, wo es heißt: »Er ging an meiner Seite, im gleichen Schritt und Tritt.«

ein Fähnchen flattert – Am 19. 4. 1937 forderte Goebbels die Bevölkerung in einer Rede, die von allen Rundfunksendern übertragen wurde, auf, anläßlich des Geburtstages von Hitler am 20. April alle Häuser und Wohnungen zu beflaggen.

113 *Lieber Brot, als tot* – Abgeleitet von dem Sprichwort: »Des einen Tod, des anderen Brot.«

120 *Für Wahrheit und Gerechtigkeit!* – Anspielung Horváths auf

den Leitsatz des »Bundes für Menschenrechte«, eines eingetragenen Vereins: »Für Wahrheit und Recht«. Dieser Verein, der durch einen Runderlaß vom 23. 2. 1933 verboten worden war, hatte sich u. a. auch für die Abschaffung des § 175 eingesetzt.

122 *Ave Caesar, morituri te salutant!* – Zitat nach Sueton, *De vita Caesarum* (dt.: *Über das Leben der Caesaren*), nach dem die Gladiatoren Kaiser Claudius (41-45) die Worte »Ave, Imperator (meist zitiert: Caesar), morituri te salutant!« – Sei gegrüßt, Kaiser! Die dem Tode Geweihten grüßen dich! – zuriefen. Vgl. auch *Geschichten aus dem Wiener Wald* (Band 4).

neuen Paragraphen des Gesetzes für öffentliche Sittlichkeit – Adolf Hitler hatte in *Mein Kampf* die Prostitution als »eine Schmach der Menschheit« bezeichnet, die nicht »durch moralische Vorlesungen, frommes Wollen usw.« abzubauen sei, sondern nur durch »die Beseitigung einer ganzen Unzahl von Vorbedingungen«. Dieser Absicht entsprachen eine ganze Reihe von Erlässen (vom 22., 23. und 24. 2. 1933 zur Bekämpfung der Geschlechtskrankheiten, der Bordelle und Homosexuellen-Treffs), sowie die Verordnung zur »Bekämpfung des Schmutzes in Wort und Bild« (vom 7. 3. 1933). Eine weitere Verschärfung der sog. »Unzuchtsparagraphen« erfolgte dann durch die Strafrechtsreform des Jahres 1935.

127 *Pedell* – Veralt. österr. Ausdruck für den Hausmeister einer Schule.

128 *Freundin des Oberplebejers* – Möglicherweise eine Anspielung Horváths auf die Schauspielerin und Regisseurin Leni Riefenstahl (geb. 1902), der eine Liaison mit Hitler nachgesagt wurde.

Dichtung und Wahrheit! – Nach dem Untertitel von Goethes Autobiographie *Aus meinem Leben. Dichtung und Wahrheit.*

129 *Jupiter und Jo* – Eine beliebte und häufig reproduzierte Darstellung von Jupiter und Jo war die von L. Sustris (1515/20-1568) in

der Eremitage von Leningrad; auch die von A. Schiavone (gest. 1563).

Amor und Psyche – Die bekanntesten Darstellungen sind die von J. Zucchi (1589) in der Villa Borghese und die von G. B. Greuze (1725-1805) im Museum von Lille.

Marie Antoinette – Es ist anzunehmen, daß Horváth auf die »erotischen Kupfer[stiche]« anspielt, die den zeitgenössischen gegen Marie Antoinette gerichteten Pamphleten als Titelblätter oder Textillustrationen beigegeben waren und begehrte Objekte für Sammler von Erotica sind. Es handelt sich dabei um meist obszöne Darstellungen der Königin mit einem ihrer Liebhaber; häufig auch zur Illustration kultur- und sittengeschichtlicher Werke der Jahrhundertwende und der 20er Jahre verwendet, so z. B. bei Eduard Fuchs (*Geschichte der erotischen Kunst*, 1908; *Illustrierte Sittengeschichte vom Mittelalter bis zur Gegenwart*, 1909-1912), dessen Werke Horváth bekannt waren.

bei Marie Antoinette zum Tee – Die »chronique scandaleuse« berichtet, die Tee-Einladungen bei Marie Antoinette hätten häufig zu ausschweifenden Orgien geführt, zumal ihr »Maître de Plaisir«, Charles Philippe Graf Artois, der spätere Karl X., König von Frankreich (1757-1836), neben anderen Herren der Gesellschaft zu den zahlreichen Liebhabern von Marie Antoinette gezählt haben soll.

Hinrichtung der Marie Antoinette – Horváth spielt hier darauf an, daß viele der früheren Gäste später als Schaulustige der Hinrichtung von Marie Antoinette beiwohnten.

131 *Flügel der Verblödung?* – Vgl. *Sechsunddreißig Stunden* (Band 12).

138 *der Mensch denkt und Gott lenkt* – Zitat nach den Sprüchen Salomos 16,9: »Des Menschen Herz plant seinen Weg, der Herr jedoch lenkt seinen Schritt.«

148 *Denn Gott ist die Wahrheit* – Zitat nach Johannes 14,6: »Jesus sprach zu ihm: ›Ich bin der Weg und die Wahrheit und das Leben; niemand kommt zum Vater außer durch mich.‹«

Über den Wassern – Nach Genesis 1,2: »Die Erde war wüst und leer, Finsternis lag über der Urflut, und der Geist Gottes schwebte über den Wassern.«

Quellen und Hinweise

1 Bei der Transkription der hs (= handschriftlichen) Texte Ödön von Horváths werden durch

> Sofortkorrekturen

[ ] Zusätze bzw. Ergänzungen,

⟨ ⟩ Tilgungen,

·⟨ ⟩· wieder geltend gemachte Tilgungen

: : Alternationen

markiert. Innerhalb dieser Transkriptionen wird der Autortext durch *Kursivdruck*, der Editortext durch Geradschrift ausgewiesen.

Abkürzungen für den Aufbewahrungsort:

HA/B = Ödön von Horváth-Archiv in Berlin an der Akademie der Künste (mit nachfolgender Ordnungsnummer)

HA/W = Ödön von Horváth Forschungsstelle in Wien im Thomas Sessler Verlag.

2 Zit. nach dem hs Original im HA/B, 40a.

3 Vgl. hierzu Ulf Bierbaumer, *Trotz allem: die Liebe höret nimmer auf. Motivparallelen in Horváths »Der Lenz ist da!« und »Jugend ohne Gott«*, in: Traugott Krischke (Hg.), *Horváths Jugend ohne Gott*, Frankfurt 1983; sowie Angelika Steets, *Die Prosawerke Ödön von Horváths. Versuch einer Bedeutungsanalyse*, Stuttgart 1975.

Der Text von *Der Lenz ist da!* ist abgedruckt in Band 15.

4 Zit. nach Franz Theodor Csokor, *Zeuge einer Zeit. Briefe aus dem Exil 1933-1950*, München 1964, S. 134. Vgl. hierzu auch Anm. 14.

5 Lt. Auskunft des Zentralmeldeamtes der Bundespolizeidirektion Wien vom 30. 11. 1971 hatte sich Horváth am 13. 7. 1937 von seinem bisherigen Wohnsitz in Wien 1., Dominikanerbastei 6/4/11, »nach Deutschland« abgemeldet (vgl. Traugott Krischke und Hans F. Prokop, *Ödön von Horváth Leben und Werk in Dokumenten und Bildern*, Frankfurt/Main 1972, S. 137). Ein Brief Horváths an seinen Verleger Georg Marton in Wien ist am *10. Juli 1937* in *Henndorf/bei Salzburg* geschrieben (HA/B; auch in:

Wolfgang Lechner, *Mechanismen der Literaturrezeption in Österreich am Beispiel Ödön von Horváths*, Stuttgart 1978, S. 313); ein an »Oedön v. Horvath per Adr. Carl Zuckmayer Henndorf bei Salzburg« gerichteter Brief des Marton Verlages, Wien, vom 14. 7. 1937 (HA/W) belegt diese Daten.

6 Zit. nach Csokor, S. 134.

7 Wera Liessem am 28. 11. 1957 an den Hg.

8 Belegt durch die Karten Horváths an Csokor vom 6. 9. 1937 (HA/B) und vom 10. 9. 1937 (siehe Anm. 13).

9 Original im HA/W.

10 Original im HA/B; Faksimile auch bei Krischke und Prokop, S. 130.

11 Vgl. hierzu: Hugo Fetting und Klaus Hermsdorf, *Exil in den Niederlanden*, in: *Exil in den Niederlanden und Spanien*, Frankfurt/Main 1981, S. 17-188.

12 Zit. nach dem Schutzumschlag der Allert de Lange-Ausgabe von *Jugend ohne Gott*, Amsterdam 1938.

13 Horváth am 10. 9. 1937 an Csokor: [...] *Bleibe bis Montag* [13.9.] *hier und dann nach Prag und dann nach Henndorf, allwo ich bis Mitte November bleiben werde.* [...] Zit. nach hs Original in der Wiener Stadtbibliothek, I.N. 186.610.

14 Zit. nach dem Typoskript Franz Theodor Csokors, das sich im HA/B befindet. Die Authentizität der Csokor-Abschrift ist ebenso wenig sichergestellt, wie die Wiedergabe der Briefe in Csokors Buch *Zeuge einer Zeit*. Im Vorwort (S. 13) schreibt Csokor, die Briefe wären »teils nach den Originaltexten, teils rekonstruiert aus von Tagebuchnotizen gestützten Entwürfen«, denn im März 1938, als Csokor Wien verlassen mußte und ins Exil ging, »vernichtete er [...] alle vorher empfangene Korrespondenz, um die Absender bei den zu gewärtigenden Durchsuchungen seiner leerstehenden Wohnung nicht zu gefährden. Und auch später geschah das jedesmal, sooft er sich genötigt sah, seinen Zufluchtsort zu wechseln«. (Vgl. hierzu auch: Traugott Krischke, *Ödön von Horváth. Kind seiner Zeit*, München 1980, S. 239 f. und Anm. S. 306.)

Das Typoskript, der von Csokor transkribierten Briefe Horváths wurde noch zu Lebzeiten Csokors dem HA/B übergeben. Vermutlich war das Typoskript die Vorlage für die Publikation der meisten dieser Briefe Horváths unter dem Titel *Ödön von Horváth: Briefe an einen Freund,* in: Forum 12 (1965), S. 462-464.

15 Gemeint ist Horváths Karte aus Amsterdam vom 10. 9. 1937 (wie 13).

16 Im Typoskript Csokors ist dazu vermerkt: »(*Jugend ohne Gott,* Anm. d. Empfängers.)«

17 Vgl. hierzu auch den Brief Horváths vom 28. 10. 1937 aus Henndorf an Jolan von Hatvany: [. . .] *wenn Sie diese Zeilen lesen, werden Sie wahrscheinlich schon im Besitze meines Romans sein; er ist nämlich vorgestern in Amsterdam erschienen und [liess] ich liess Ihnen sogleich ein Exemplar zusenden.* [. . .] Zit. nach einer Kopie des hs Originals im HA/B; auch in Lechner, S. 314.

18 D. i. Walter Landauer (1902-1944), der von 1928-1933 neben Fritz Landshoff (geb. 1901) und Hermann Kesten (geb. 1900) Gesellschafter im Gustav Kiepenheuer Verlag, Berlin, war. 1933 emigrierte er nach Holland und wurde literarischer Leiter des Exilverlages Allert de Lange. Nach der Besetzung Hollands wurde er im Mai 1940 von der Gestapo verhaftet, konnte jedoch fliehen und sich eine Zeitlang versteckt halten. Bei dem Versuch, in die Schweiz zu gelangen, wurde Landauer an der belgischen Grenze gefaßt und ins KZ Bergen-Belsen eingeliefert, wo er verhungerte.

19 Die Rezension Franz Theodor Csokors erschien am 28. 11. 1937 unter dem Titel *Ein Buch von Morgen* in der Basler National-Zeitung.

20 Das Neue Tage-Buch, Paris, 16. 10. 1937.

21 Zit. nach einer Kopie des hs Originals im HA/B.

22 Baron Lajos (Ludwig) Hatvany (1880-1961), ungarischer Schriftsteller und Kritiker, veröffentlichte auch in deutscher Sprache. Zu seinen Freunden zählten u. a. Thomas Mann und Klaus Mann, Stefan Zweig, Franz Werfel, Carl Zuckmayer und Franz Theodor Csokor, die beide auch die Bekanntschaft mit Ödön von Horváth vermittelten.

23 Thomas Manns Brief an Carl Zuckmayer konnte nicht ermittelt werden. An seinen Verleger Gottfried Bermann Fischer schrieb Thomas Mann am 14. 11. 1937: »Schade, daß Horváth Ihnen nicht sein *Jugend ohne Gott* gegeben hat; das war [neben *Ma-*

dame Curie. Leben und Wirken von Eve Curie, das 1937 in der Übersetzung von Marie Giustiniani im Bermann-Fischer-Verlag, Wien. Anm. d. Hg.] das zweite Buch, das mir in letzter Zeit lebhaften Eindruck gemacht hat, aber schließlich können Sie nicht der Spender von allem sein.« Zit. nach: Thomas Mann, *Briefwechsel mit seinem Verleger Gottfried Bermann Fischer 1932-1955*, hg. Peter de Mendelssohn, Frankfurt/Main 1975, S. 138.

24 Neue Freie Presse, polit. Tageszeitung in Wien.

25 Die im Verlag Oprecht in Zürich seit September 1937 in einer Auflage von 6000 Exemplaren erscheinende »Zweimonatsschrift für freie deutsche Kultur« mit dem Titel »Mass und Wert«, herausgegeben von Thomas Mann und Konrad Falke (eig. Karl Frey, 1882-1942), ein »durch weitgehende Untätigkeit auffallende[r] schweizerische[r] Schriftsteller« (Klaus Hermsdorf im Vorwort zu Volker Riedel, *Mass und Wert. Zürich 1937-1940. Bibliographie einer Zeitschrift,* Berlin 1975, S. 6). Nachdem die Auflagenhöhe seit 1939 bis auf 2000 Exemplare gesunken war, wurde mit der Doppelnummer 5/6 (September/Oktober/November 1940) des dritten Jahrgangs das Erscheinen des Blattes eingestellt. Statt des von Zuckmayer geplanten Feuilletons erschien in Heft 4 (März/April 1938, S. 648-650) der Zeitschrift »Mass und Wert« eine Rezension von dem Schweizer Schriftsteller Jakob (Rudolf) Humm (geb. 1895), der manche Einwände gegen das Buch vorbrachte. Gegen die Bezeichnung »Roman«, gegen den Inhalt, auch wenn »dabei eine unterhaltende, spannende Geschichte zustandegekommen« ist, gegen den Stil, »man ist durchdröhnt von einer ungeheuren Geschwindigkeit, die es verhindert, daß der Sinn der Geschichte sich offenbare«. Und abschließend: »Ich muß ehrlich gestehen, daß ich nicht begreife, wieso man sich des Faschismus als eines unterhaltenden Vorwands bedienen kann.«

26 Zit. nach dem Faksimile des hs Originals in Dezsö Bader, *Einzelheiten aus der Literatur der Emigration (Briefwechsel Ödön von Horváts* [sic!] *und Franz Theodor Csokors mit Lajos Hatvany),* in: Acta Litteraria Academiae Scientiarum Hungaricae 12, 1970, S. 202-227, hier S. 206 f.; auch bei Lechner, S. 314. Der erwähnte Brief Hatvanys an Horváth muß als verschollen gelten. Lajos von

Hatvany bemühte sich um eine Publikation des Romans in ungarischer Sprache. Nach Bader (S. 205) aber verbot die »faschistische Regierung« Nikolaus von Horthys »das Publizieren dieses fortschrittlichen Werkes«.

27 Horváth am 28. 1. 1938 aus Wien an Jolan von Hatvany; zit. nach der Kopie des hs Originals im HA/B; auch bei Bader, S. 205 und Lechner, S. 316.

28 Csokor am 28. 1. 1938 an Ferdinand Bruckner; zit. nach Csokor, S. 158.

29 Zit. nach den Dokumenten im BDC; erstmals vollständig abgedruckt in: Traugott Krischke (Hg.), *Horváths Jugend ohne Gott,* Frankfurt 1983.

30 Das Neue Tage-Buch, Paris 28. 5. 1938, 6. Jg., Heft 22, S. 527.

31 Odon de Horvath, *Jeunesse sans Dieu,* Roman, Introduction et traduction par Armand Pierhal, Paris (Libraire Plon) 1938.

32 Odon von Horvath, *A Child of our Time and being Youth without God,* Translated by R. Wills Thomas. With a Foreword by Franz Werfel, and an appreciation by Stefan Zweig, London (Methuen and Co Ltd) 1939.

33 Ödön von Horváth, *Mládi bez Boha,* Přeložil V. Schwarz, Praha 1938.

34 Ödön von Horvath, *Modzież bez Boga,* [Ü:] I. Berman, Lwow (Wydawnictwo »Wierch«) 1938.

35 Oedoen von Horváth, *Er is een Moord began.* [Ü:] J. Winkler, Amsterdam (Arbeiderspeers) 1938.

36 Nicht feststellbar.

37 Zit. nach Hertha Pauli, *Der Riß der Zeit geht durch mein Herz. Ein Erlebnisbuch,* Wien/Hamburg 1970, S. 55.

38 Robert Siodmak am 31. 8. 1957 an den Hg.

39 Carl Zuckmayer, *Als wär's ein Stück von mir. Horen der Freundschaft,* Frankfurt/Main 1969, S. 95.

40 Wie 38.

41 Als Beleg mag Horváths Satz in seinem Brief an Csokor (siehe S. 156) vom 26. 10. 1937, dem Tag der Auslieferung des Buches in Amsterdam, gelten, in dem Horváth nach der nochmaligen Lektüre des Buches ohne Einschränkung schreibt: *mir gfallts auch!*

42 *Die Neger* 5 / *Es regnet* 11 / *Die reichen Plebejer* 14 / *Das Brot* 21 /

Die Pest 24 / *Das Zeitalter der Fische* 28 / *Der Tormann* 36 / *Der totale Krieg* 42 / *Die marschierende Venus* 48 / *Unkraut* 52 / *Der verschollene Flieger* 55 / *Geh heim!* 58 / *Auf der Suche nach den Idealen der Menschheit* 62 / *Der römische Hauptmann* 71 / *Der Dreck* 77 / *Z und N* 79 / *Adam und Eva* 85 / *Verurteilt* 96 / *Der Mann im Mond* 100 / *Der vorletzte Tag* 106 / *Der letzte Tag* 112 / *Die Mitarbeiter* 116 / *Mordprozess Z oder N* 124 / *Schleier* 126 / *In der Wohnung* 134 / *Der Kompass* 138 / *Das Kästchen* 143 / *Vertrieben aus dem Paradies* 146 / *Der Fisch* 151/ *Er beisst nicht an* 154 / *Fahnen* 161 / *Einer von fünf* 164 / *Der Klub greift ein* 171 / *Zwei Briefe* 175 / *Herbst* 178 / *Besuch* 180 / *Die Endstation* 184 / *Der Köder* 191 / *Im Netz* 195 / *Der N* 198 / *Das Gespenst* 203 / *Das Reh* 207 / *Die anderen Augen* 213 / *Über den Wassern* 217.

43 Berglandverlag Wien 1948; Berglandverlag Wien 1953 (zus. mit *Ein Kind unserer Zeit* u. d. T.: *Zeitalter der Fische*); Kindler Verlag München 1965 (zus. mit *Ein Kind unserer Zeit* u. d. T.: *Zeitalter der Fische*); Berglandverlag Wien o. J. [1968] und Büchergilde Gutenberg Wien–Frankfurt–Zürich 1969 (zus. mit *Der ewige Spießer, Ein Kind unserer Zeit* und *Der Tod aus Tradition* u. d. T.: *Zeitalter der Fische*); Harrap & Co Ltd London 1974; Verlag Volk und Welt (Ost)Berlin 1981 (*Ausgewählte Werke*, Band 2); sowie die Ausgaben des Suhrkamp Verlages im Rahmen der *Gesammelten Werke* 1971, ²1972, ³1978 und der *werkausgabe* 1972, ²1978, als suhrkamp taschenbuch 1971, als Literatur Zeitung 1976 und im »Weißen Programm« 1983.

44 Z. B. war der Satzteil *und die oberste Sportbehörde funkt dazwischen.* (S. 32) bei Bergland 48/S. 39 gestrichen. *Als Zeugen waren u. a. geladen* (S. 87) wurde zu *Als Zeugen wurden unter anderen vorgeladen* bei Bergland 48/S. 119.

45 Z. B. auf S. 81 bzw. Bergland 48/S. 110: *Auch ich nicht. Und auch der Z nicht.*; auf S. 90 bzw. Bergland 48/S. 123: *Der Präsident schneuzte sich.*; auf S. 97 bzw. Bergland 48/S. 132: *Sie erhebt sich und tritt vor.*

46 Vgl. hierzu die Magisterarbeit von Bettina Kranzbühler, *Zitat-Technik und Leitwortstil in der Prosa Ödön von Horváths (unter besonderer Berücksichtigung des Romans »Jugend ohne Gott«)*, München 1982; sowie Alexander Fuhrmann, *Der historische*

Hintergrund: Schule – Kirche – Staat, in: Traugott Krischke (Hg.), *Horváths Jugend ohne Gott,* Frankfurt 1983. Beiden Arbeiten sind wertvolle Hinweise für die Erläuterungen dieses Bandes zu danken.

suhrkamp taschenbücher
Eine Auswahl

2/3/8.86

2/4/8.86

2/5/8.86

2/6/8.86

2/7/8.86